階段にパレット

東直子

ポプラ社

階段にパレット

装画　東 直子
装丁　bookwall

立っているのが仕事なのです、と無言で伝えているような民家が、身体からあふれ出した思い出をあたためるように、軒先にいくつもの鉢植えを並べている。鉢植えの中には、生きているのか生きていないのかさえもどうでもよくなっているような多肉植物が、たまには洒落《しゃれ》てみることもあるのですよ、とばかりに、まれにぽっと鮮《あざ》やかな色の花を咲かせている。そのそばで、カラカラに乾いた土を抱えたまま途方にくれているような汚れて罅《ひび》の入った鉢もある。

路地、と呼ばれる道の存在証明のためにあるような、そんな鉢植えを視界に捉《とら》えながら歩くのが、実弥子《みやこ》は好きだった。鉢植えたちは、土とつながっていない。つながっていないことを、べつだん気にしていない。その事実が、なぜだか自分に深い安堵《あんど》をもたらしてくれる気がするのだった。

実弥子は路地の端に寄り、ふと立ち止まった。しばらくそのまま立ちつくし、軽く目を閉じる。路地の鉢植えの一部になった気分を味わう。

「ミヤ、ミイヤ」

自分を呼ぶ声が聞こえた気がして、実弥子ははっと目を開いた。首をゆっくりと左右に振って、あたりを見回す。

誰もいない。

路地はしんとしずまりかえっていてあたりには誰もいなかった。真昼なのに、なにもかも眠っているようだ。

かすかに風が葉をゆらす音がする。

「ミヤ」

（あ、また。確かに聞こえる）

実弥子は耳をすます。神経を集中させ、音がしたと思う方へゆっくりと歩いていった。

「ミイヤ」

今度ははっきりと聞こえる。実弥子の足が速まる。

「あ」

そこにいたのは、一匹の三毛猫だった。背を向けていたが、実弥子が漏《も》らした声に気付いたように、首をゆっくりとねじって実弥子の方を振り向いた。猫が実弥子の目を捉え、視線がぴったりと重なったかのようだった。

三日月のような黒目を、青白い虹彩《こうさい》の芯に光らせて、猫はじっと実弥子の方を見据えている。なんて美しい瞳だろう。見とれていると、猫はふと顔を元に戻し、歩き始めた。そのまま去っていくのかと思ったが、数歩歩いたところですっと立ち止まり、もう一度実弥子の方を振り返った。

(来ないの?)

猫の無言の目が、そう呼びかけているように実弥子は感じた。

(行く、行きます)

心の中で猫に答えると、猫はすっと半眼《はんがん》になり、わかったらそれでいいよ、とでも言いたげにふたたび前を向き、今度はすたすたと歩き始めた。実弥子は、猫のあとを早足で追いかけた。

細い路地を行く三毛猫をしずかに追っていると、ふいにその姿が消えた。実弥子が小走りで猫の姿が消えたところまでたどりつくと、左側に脇道があり、猫はそこに入っていったようだった。

脇道を数歩入ると、階段に続いていた。細くて長い石段が下に向かって延びている。階段には誰もいなかった。

(猫は?)

「ミイヤ」

声が聞こえた。階段の下で、こちらを向いて一声鳴いたかと思うと、ひょい、と民家の塀に上り、その上を走り去っていってしまった。

「あ」

実弥子は階段の下まで下りていたが、塀を伝って追いかけることはできなかった。

「ミイヤ」

残念な気持ちを込めて、実弥子は猫の鳴きまねをしてみた。実弥子という名前の響きから、そんなふうに自分のことを呼んだ人を思い出しながら。そうするとくすぐったいような気持ちが湧き起こってきて、ミイヤ、ミイヤと、意味もなく続けて声に出してしまった。

「ネコ」

ふいに人の声がして、実弥子は我に返る。

(しまった、猫の鳴きまねを人に聞かれてしまった。はずかしい……)

実弥子は、顔が熱くなるのを感じながら、声のした方を振り返ると、そこに立っていたのは、やせっぽちの少年だった。

「ネコ」

かすかに皺《しわ》の寄っている眉の下の目がきらりと光り、この子が猫そのものみたいだ、と実弥子は思った。その目が、さっき会ったばかりの猫のものに似ている。

「えと」

子どもという生き物と長らく接していなかった実弥子は、どのように話をしたらいいものか、戸惑《とまど》った。この子は十歳くらいかな、このくらいだと、どんな話し方が自然だろうか、などと考えつつ、声を出した。

「猫、の、えっと、マネ。ただの、マネ」

なんだか、日本語が母国語ではない人のようにぎこちなくなってしまっている、と思いながらも、できるだけ笑顔を作って言ってみたつもりなのだが、少年は相変わらず真顔のままでにこりともしない。

「声を、マネしただけなのね、猫の声を。私ね、実弥子って名前なの」

少年は、じっとこちらを見つめたまま、やはり表情を変えない。実弥子は、少し焦《あせ》ったような心持ちがしてくる。

「えっと、だから、ミヤとかミイヤとか呼ばれてて、それで……」

少年が、はっとなにかに気付いたように目を見開いた。

「ミャア」

猫の鳴き声に、全くそっくりな声を出すと、ひらりと身体を翻《ひるがえ》して、走り去った。

「え、あ……」

小さな少年の身体は、風に吹き飛ばされていく小枝のように、またたく間に路地から姿を消してしまった。

（あの子、なんだったんだろう……。もしかすると、ほんとうに猫の化身《けしん》なのかもしれない）

実弥子は、そんなことをまじめに考えながら、少年が消えたあたりの路地をのぞいた。蔦《つた》のからまる古い家がある。一面に葉っぱの絵が描かれていると思って近づいてみると、それはガラスの引き戸で、葉っぱの絵に見えていたものは、本物の蔦の葉だった。内側にはびこって、引き戸のガラスにびっしりと張り付いていたのだ。

「うわぁ……」

実弥子は、ぎょっとした。どういうことなのか、家のまわりを調べてみると、屋根の方から壁を這《は》うように伸びてきた蔦が、引き戸と壁の隙間から家の内側へと入り込み、その蔓《つる》を部屋の内部に伸ばしているのがわかった。

二階のベランダの手すりには、蔦だけでなく様々な植物が自由にからみ合っていて、小規模なジャングルのようである。

「植物が、家を食べてるみたい……」

実弥子はあっけにとられて、しばらく眺めてしまった。

ふと、その壁に「賃借人募集中」という張り紙があるのを見つけた。

「ここ、借りることができるの……？」

借りるといったって、このままではとても住めそうにないから、整えていくのはさぞかしたいへんだろうけど、と思いながら、少し後ろに下がって家全体を見回した。

実弥子はそのまま、ずいぶん長い間その家を眺めていた。木造の、瓦《かわら》屋根の一軒家。屋根瓦は、夜空のような紺色。外壁はバニラアイスクリーム色。昭和時代の建物なのだろう。こぢんまりとした佇《たたず》まいに、一軒の家としてしずかな意志を貫いているような、すっきりとした形をしていた。

「いいかも」

そうつぶやいたとき、「ミャア」と猫の鳴き声がまた聞こえた。

振り返ると、路地の曲がり角にさっきの少年がぽつんと立っていた。実弥子と目が合うと、さっと背を向けたので、実弥子は全力で少年のそばにかけより、その手を取った。少年は素直に立ち止まり、無言で顔を上げた。すんだ目をまっすぐに実弥子に向けている。

「君が、ここに案内してくれたんだよね」

少年は、まばたきをした。

「あ、ごめん」

実弥子は、自分が強引なことをしたことに気付き、あわてて手を離した。

「あのね、あの家、あの蔦のからまっている家。あそこに住もうと思う。誰でもふらりと立ち寄れるようなお家《うち》にして。だから、君、また、来て」

少年は、なにかを考えているようにしばらくうつむいていたが、やがて顔を上げ、少し口を開いた。実弥子は少年の口から言葉が出てくるのをしばらく待ったが、ひとことも発しないまま、少年はふたたび口を閉じた。

「ええと、私、変なこと言ってる人に見えちゃってるかも、だよね。えっとね、あの家を見ていたらね、あの家が、どういうわけか、ここに住んでって言ったような気がしたのね。それは、猫の化身の、君がここに来なよって、導いてくれたからだって、思えてならないんだよ」

少年は、首を少しかしげた。実弥子は、さっきから自分だけが一方的に話していることに気付いた。

「あの、その……〝猫の化身〟だなんて、なんのことか、だよね。そんなの、こっちの勝手な思い込みだもんね。とにかくね、私、あの家を人が住めるようにして、あそこで絵を描こうと思ってる。それで、私だけじゃなくて、いろんな人が絵を描きに来てくれたらいいな、と思ってる。そういう場所にするつもりだから、よかったら、また来て」

実弥子がささやくようにやさしくそう言うと、少年は、こくんと頷《うなず》いた。実弥子は、あ、話が通じた、と思って、そのことがとてもうれしかった。

「絵、描くの、好き?」

たずねると、迷うことなく少年はこくりと首を下げた。

「じゃあ、来てね、きっと、来てね」

少年は、こくりとまた頷いた。

「待ってるからね。……えっと、君、名前は?」

「ルイ」

「ルイくん?　すてきな名前ね」

少年は、口元をかすかにゆるませた。

「本気であそこ借りるの?　ほんとに?　本気?　ほんとにほんとに本気?　あなたも、物好きだねえ」

蔦の家の張り紙に書かれていた不動産屋に連絡して店を訪ねると、ひどく驚かれた。地元の小さな不動産屋で、地下鉄の出入り口から数分の大通り沿いのビルの一階にあった。

「大丈夫です。前に、ガスも電気も通ってないところで暮らしたこともあるんです」

「ほんとかい？　そんな大昔から生きている人には見えないがねえ」

山下《やました》と名乗るその男は、老眼鏡を下げ、上目遣いに実弥子の方を見たが、その顔は、少しほころんでいた。

「はい。確かにそんなに大昔からは生きていませんが、そういう、原始的なところで暮らしたことはあるんです。それであの家は、こちらでリフォームなどはしてもかまわないんですよね？」

「うん、そりゃかまわないよ。というか、だいぶ、アレしないとアレだろ？　あそこ」

「ええ、そうですね、そのままではちょっと……。自由にやっていいということであれば、こちらでなんとかしますので」

「そうね。自由にやっていいんだと思うよ。ああ、一つ大事なこと言っとくけど、あの家に最後に住んでたおばあさん、あそこで亡くなってるから」

「え」

「まあ、そういうことですよ。そういうのは、言っとかないといけないからね、言っとくよ」

「はい。わかりました」

いろいろな事情があったろうな、ということは予想していた実弥子は、その事実を落ち着いて受け止めた。

「あら、あなた案外驚かないね。驚かないとは、驚いたね、こりゃ。ほんとに気持ち悪くないの？」

「はい、大丈夫です」

「そんなこと言ってても、実際には、ほら、まあ、いい気はしないよね。なかなかね、アレだから、やっぱりやめたいって、なるかもしれないからさ、やめるならやめるって言っていいからね。他に、ちゃんとしたとこ、紹介するから」

「いえ、あの家がいいって思ったんです」

実弥子は背筋を伸ばして、きっぱりと言った。

「ほんとかい。ほんっとに、あれ、あの家、借りるの？　ほんとに物好きだねえ。ま、その分家賃の方は、だいぶ、そう、お家賃の方は、やさしいよ。関西だったら〝勉強させていただきます〟ってやつだね。実際、人生の〝勉強〟になるのは間違いないだろうねえ、あの家は」

山下は、自分の言ったことに自分でウケて、豪快に笑った。実弥子もつられて、少しだけ笑った。

「ちょっと見ない間に、こりゃひどいな」

ガラスの引き戸の内側に蔦がはびこっていたことは、山下も知らなかったらしい。

「最初は、そういう模様が印刷されているのかと思いました」

ほんとにねえ、と言いながら、山下は実弥子に白い使い捨てマスクを手渡した。

「たまにこれ渡しとかないとヤバいお部屋あるから、いつも持ち歩いてるんだよ。ここはその、ヤバいお部屋」

山下は、上目遣いでそう言いながら、自分もマスクをつけた。実弥子も黙ってマスクをした。

建て付けの悪い引き戸に力を入れて動かすと、ガタガタと豪快な音を立てた。そこから一歩中に入ってみるとその部屋は、壁の隙間から入り込んだ蔦が、壁やガラス面を覆《おお》っているだけで、空間すべてが植物に支配されている、というわけではなかった。小上がりになっている板の間は、歳月を染み込ませたようなこげ茶色で、使い込まれた家具のような鈍《にぶ》い光を放っていた。

植物を取り除く作業は思ったよりも容易にできそうだが、隙間やシロアリ対策などをして、人が住めるようにするには、専門の業者に相談する必要がありそうだ。

「いやあ、これでも三年前まで、おばあさんが住んでたんだよ」

山下が、部屋を見回しながら言った。

「ずっとお一人で?」

「最後は一人。でも、十年くらい前までは、だんなもいたらしいんだけどねえ。子どもとかはいなかったらしくて」

「じゃあ七年くらい、おばあさんお一人で」

「そういうことだね。たった一人でこの家に住んで、たった一人で死んでいった、ということだねえ」

「一人で……」

実弥子はその言葉を、噛みしめるようにつぶやきながら、一人でご飯を食べ、テレビを眺めて過ごすおばあさんの姿をぼんやりと想像した。

「おばあさんが亡くなったあとは、甥《おい》だったか、従姉妹《いとこ》だったか、親戚が相続したんだけど、持て余したまんま三年経っちゃったってわけだね」

「三年間、放置してたってことですか？」

「一応、亡くなったあとの荷物は業者が引き取って片づけたんだけどね。人が住まないと、すぐにこうなっちゃうねえ。さっき連絡して、借りたいっていう人がいるって言ったら、ありがたいって喜んでたよ」

山下が、老眼鏡を下げて実弥子を見た。

「人に喜んでもらえるのは、どんなことでもうれしいことです」

実弥子は、自分に言い聞かせるように、こっくりと頷いた。

「まあこれには、どいてもらわないとね」

山下が、両手を使って、戸に張り付いている蔦をずるずると剝《は》がした。

「で、ほんとに借りるの？　ここ」

山下が緑の蔦を握って、振り向いた。なんだか一緒にジャングル探検にでも来ているみたいな愉快な気持ちになった実弥子は、「はい！」と、小学生のような元気な返事をしてしまった。

「私、あの、絵を描くんですけど、一階はアトリエにしたいんです」

「ほう。あなた、芸術家かね」

「芸術家ってわけでは……。油絵も描くときはありますが、基本は、水彩絵の具やアクリル絵の具などで、イラストレーションを描いてます。雑誌や本の表紙やチラシ、文具などに、いろいろ」

「ほお、それはすごいね」

「いえ……。一階をアトリエにして、そこを、絵画教室として子どもたちや街の人たちが絵を描く場所としても使ってもらいたいと思っているんです。そういう使い方は、可能ですか？」

「ああ、この辺は大丈夫だよ。お店を出してるところもあるし、そういう、習い事の教室みたいなのを開いてる人もいるね。ただ、基本的には住宅地だからね、あんまり大きな声を出されちゃうと、クレームがくる可能性はあるけどね。やっぱりね、なにかするなら、そこんとこは、気をつけてもらわないと」

「はい、わかりました。それは、気をつけます」

「うん。気をつける気持ちが大事だね」

山下はそう言ったあと、口をぎゅっと結んで笑顔になり、親指を立てた。

「あの、二階もありますよね、上がっていいですか？」

「もちろん」

実弥子は、かすかに軋《きし》む音を聞きつつ、木製の階段を上った。二階の部屋の中には蔦は入り込んでいなかった。六畳ほどの畳の部屋が二つと、納戸《なんど》として使っていたらしい板の間の小さな部屋もあり、一階のほとんどをアトリエとして使っても、一人で生活するには充分すぎるほどのスペースが確保できそうだった。

部屋を一通りチェックしたあと、表から見えていた、小さなジャングル状態のベランダに出てみた。あのとき猫に出会った階段が屋根ごしにちらりと見えた。

蔦の家のリフォームは、水まわりの補修など専門家に頼まなければならないことも多かったが、なんとか予算内で収めることができた。

最後の仕上げとなった一階の部屋の壁のペンキ塗りは、実弥子が自ら行った。床はこげ茶色の板の間の風合いを残したが、壁と棚は、同じ白いペンキを塗り込んだ。

玄関の戸や窓をすべて開放して水性のペンキを塗っていると、「ミャア」と猫の鳴き声が聞こえた気がして、実弥子は顔を上げた。

開け放した窓の向こうに、ルイが立っていた。

「ルイくん！」

実弥子は開け放たれた玄関から外に出た。ルイは相変わらず無表情のまま、じっと実弥子の方を見ている。傾きかけた陽《ひ》を浴びて、身体全体から光を放っているように見える。

「いらっしゃい」

実弥子はにっこりと笑顔を浮かべた。

「ほんとに来てくれたんだね。とってもうれしい」

「うれしい」と言いながら、ほんとうにうれしい気持ちになってきていることを、実弥子は感じていた。ルイが目線を下げて、実弥子の手元を見ているのに気付いた。手には、ペンキを塗るためのローラーが握られている。

「あ、これが気になるの？　ルイくん、やってみる？」

ルイは、こくんと頷いた。

実弥子は、自分の使っていたローラーをルイに手渡し、部屋の中に招き入れた。ルイは、ローラーを手に持って無言で入ってくると、白い部屋をぐるりと見回した。

「この部屋はね、絵を描く部屋にしようと思ってるの。私一人じゃなくて、いろんな人と一緒に使いたいと思ってる。みんなで楽しく、汚していくための部屋よ。そのための白を塗るの」

実弥子は、白いペンキがたっぷり入った缶をルイの目の前に置いた。

「さあどうぞ、ペンキ塗り、やってみて。まだ塗ってない、このあたりをお願いします」

ルイは、ペンキの缶の中に、ローラーを入れた。それから真剣な眼差しでローラーを持ち上げ、壁の塗りかけの場所に、ぺた、とつけた。それをゆっくりと横に移動していく。全くの水平に、きっちりと。

「すてき、とてもきれいよ」

実弥子が伝えると、ルイの頬が少し上がり、表情がかすかにゆるんだ。しかしローラーから目をそらすことなく、一心に、ゆっくりとペンキを塗っている。集中しているとは、こういうことをいうのだな、と思いながら、実弥子はルイを見つめた。

それから毎日夕方になると、ルイは実弥子のアトリエにやってきた。壁のペンキ塗りが終わると、リサイクルショップなどで実弥子が揃えた古い本棚や机や椅子にも、白いペンキを塗っていった。それらは、生まれたばかりの赤ちゃんのようにつやつやとした姿に生き返った。

ほとんど会話を交わすこととなく黙々とお互いの作業を続けることとの安堵感を、「ルイ」という名前しか知らないその少年との時間に、実弥子は感じていた。とても久しぶりの感覚だった。深い湖の底で目を覚《さ》ました魚が細かな砂を舞い上げるような、かすかな記憶のゆれがその胸の底で起こった。どこに住んでいるのか、何歳なのか、というようなことは訊《き》かなくても、ここで一緒に作業をすることの楽しさを共有している実感が、沈黙の時間を心地よいものに変えたのだった。

作業に没頭していると、いつの間にかとっぷりと陽が暮れていた。気付くと、ルイはいなくなっている。おそらく暗くなる前に帰ってくるように言われているのだろう。帰る、とも、さよなら、とも言わずに、ルイはいつもふいにいなくなる。

けれども翌日、夕暮れの気配と共にまた、しずかにそっと、道の向こうから光を纏《まと》いながらやってくる。やってくるときにはいつも、遠くで猫の鳴く声がする。

その繰り返しが、実弥子には好ましかった。毎日必ず顔を合わせる人がいる、というそのシンプルな事実が。

そうして、階段の下の路地の一角の、古びた小さな家に設けた実弥子のアトリエは、ついに完成した。

「ルイくんのおかげで、とってもきれいなアトリエになったよ。ほんとに、ありがとうね」

熱心に手を洗っているルイに、実弥子は背中から声をかけた。

ルイの頬に、ぷくっとえくぼが浮かんだ。

実弥子とルイは一緒に外に出て、二人で家の前で腰に手を当て、仁王《におう》立ちのようになって家全体を見回した。二階のベランダにはびこっていた雑草は実弥子が取り除き、金属の手すりは防錆《ぼうせい》加工と共に業者に白く塗ってもらった。小さなジャングルはなくなり、植木鉢がいくつか置かれている。引き戸にはびこっていた蔦はすべてなくなり、磨《す》りガラスは淡く光を照り返している。

「アトリエに看板、つけなくちゃね」

実弥子は、棚を作ったときの余りの白い板に、赤みがかったアクリル絵の具で、「アトリエ・キーチ」と大きく書き入れた。

「ア、ト、リ、エ、キーチ？」

ルイが読み上げた。

「そう、ここは、〝アトリエ・キーチ〟。秘密基地って作ったことない？　そういう、ちょっとわくわくするような場所にしたいの。いろんな人がいろんな秘密を、ここで絵に変えて」

「ふうん」

「というのは、こじつけみたいなものだけどね」

「ミャア」

ルイが、猫のような声を出した。いいね、っていう意味なんだろうと実弥子は解釈して、微《ほほ》笑《え》んだ。

玄関の柱に釘を打ち、紐でぶら下げた「アトリエ・キーチ」の看板を、実弥子はそっとかけた。その下にもう一つ釘を打ち、茶色く変色した木製の表札をかけた。筆文字で「金雀児」と書いてある。

「なに?」

ルイが指さした。

「これはね、私の名前。名字の方ね。〝えにしだ〟って読むんだよ」

「えにしだ」

「そう。変わった字を使うけど、こういう名前の植物があるのよ。春になったら、ちょうちょみたいな黄色い花を咲かせるの」

実弥子は、自分の名字であるその表札の文字を、久しぶりにつくづくと眺めた。眺めているうちに、ルイは姿を消していた。

*

「あらあ、見違えるようになったわねえ、きれいねえ」

背後から声がして実弥子が振り向くと、車椅子に乗ったおばあさんが白い顔でふっくらと微笑みながら、アトリエを眺めていた。膝に青緑色のタータンチェック柄の膝掛けをかけている。

「ほんとねえ、きれいになったわねえ」

車椅子を押している女性が、続けて言った。

「植原《うえはら》さん！　ありがとうございます！」

車椅子のおばあさんは、「アトリエ・キーチ」の隣の家に住む植原登美子《とみこ》で、押しているのは、その娘の真由子《まゆこ》である。蔦の家をリフォームして借りるにあたって、実弥子は手土産を持って隣家に挨拶《あいさつ》をしていたので、一度顔は合わせていた。しかしその直後に、登美子が自宅で転倒し、骨折して長く入院することになってしまったのだった。登美子が自ら呼んだ救急車に乗せられていく瞬間に、実弥子も偶然居合わせ、そのことを知った。

「あのあと、とても心配していたんですが、退院されたんですね。お元気になられて、ほんとうによかったです！」

実弥子が腰を屈《かが》めて登美子に話しかけると、登美子は首を軽く横に振った。

「この通り、まだ自分で歩けないんですよ、まだまだですよ」

登美子は、膝掛けの下の、ギプスを捲《ま》いた足をかすかに持ち上げてみせた。

「まだまだなのに、もう家に帰りたいって言ったの、お母さんの方じゃない」

真由子が笑いながら言った。

「あらやだ、余計なこと言わないでよ」

「まあでも、お隣もこんなにきれいになったし、お母さんもリハビリのがんばりがいがあるわね」

「そうね、散歩に出るのも気持ちよくなれる気がするわね。でも、ここ、あれかしら、お教室でも、なさるの？」

登美子がきょとんとした顔で言った。

「それも聞いてたでしょ、金雀児さんが、絵のお教室なさるってことは」

真由子が登美子に耳打ちするように言った。

「ああ、そうそう、絵のお教室、そうでした。確かにお聞きしましたわよね。いやあねえ、ほんと、忘れっぽくって」

「いえいえ、そんな。植原さん、あのあと、ほんとうにたいへんでしたから」

「お教室をねえ、ああそう……」

確認するように再度つぶやいた登美子の声が、急に沈んだ。

「ん、お母さん、どうかしたの？」

「いえ、ね。お隣、長い間、おしずかだったですからね、こちらもしずかに暮らしていましたから……。これから、お子さんたちがいらっしゃるとなると、さぞかし賑《にぎ》やかになるんでしょうねえ」

登美子がにっこりと笑って実弥子を見上げた。実弥子は、はっとした。これは、うるさくなるのではないかと心配している、と気付いたのだ。

「はい、あの、子どもたちが集まるようになっても、賑やかになりすぎないように気をつけます」

実弥子は、ぺこりと頭を下げた。

「頼みますねえ」

「もちろんです！　絶対に騒がないようにさせますので！」

登美子は視線を流して自宅の方を見てから後ろを振り返り、真由子と目をちらりと合わせた。

「あ、じゃあその、失礼します」

真由子が、少し焦ったようにそう言うと、登美子の車椅子をぐいっと押して自宅の方へと歩いていった。

実弥子は、二人の背中を見送ったあと、ゆっくりと深呼吸をした。

「絶対に」とは言ったものの、絵の教室を始めるのは初めての経験なので、まるで自信がなかった。鼓動がとくとくと速く打ち始めるのがわかった。実弥子は、胸にてのひらを当て、落ち着け心臓、と小さな声でとなえた。

（まだなにも始まっていない。心配したってしかたない）

心の中で、ゆっくりとつぶやいた。


「ミャア」

猫の鳴き声が聞こえて、実弥子は目を覚ました。寝室にしている二階の部屋の、ベランダごしに射してくる陽をまぶしく感じながら窓を開けて、外を見た。屋根の向こうに見える階段に、黒い影が動いた。あのときの猫かなあと思いつつ、実弥子は大きな欠伸《あくび》を一つした。

朝の薄い雲に、空が透《す》けている。空は、どんなときでもいい色で、雲はどんなときでもすてきな形だと実弥子は思う。たとえ重い曇り空でも、雨や雪が降っているときでも。だけど、こうして見ている色や形は、受け止める眼球のレンズが一人一人違うのだから、一人ずつ違う見え方をしているのだろうな、とも思う。

「あなたの好きな色を教えて下さい」

実弥子は、空に向かってつぶやいたあとで、「あなた」というのはちょっとよそよそしいか、と思う。「アトリエ・キーチ」の受講生募集の文言を考えていたのだ。

「好きな色を教えて下さい」

主語をあえて抜いた文章を紙に書き出してみたが、なんだかな、と実弥子は思った。自分がその言葉を受け取る立場だったら、大きなお世話っぽいように感じる気がした。

小説がうまく書けない小説家のように、実弥子は今文字を書いたばかりの紙を丸めてくしゃくしゃにして、屑籠《くずかご》に捨てた。


「え、これだけなんですか?」

実弥子の絵を取りに来た編集者の松本俊子《まつもととしこ》が、少しあきれたような声を出した。「アトリエ・キーチ」の木の看板の横に、立て看板が置かれている。看板には黒板が貼られていて、白いチョークで「毎週水曜日は午後三時から、日曜日は午後二時からアトリエを開放します。子どもも、大人も、どなたでも、絵を描きに来て下さい」と書かれている。言葉の下に「エニシダミヤコ」というカタカナのサインとパレットと筆の絵が描かれている。パレットの中には、絞り出した絵の具として、赤と、青と、黄色が丸く描かれている。

絵画教室受講生募集の告知は、実質、この立て看板一つのみなのである。

「そう、これだけ。この看板に気付いてくれた人に来てもらえたらって。私はここにいるんだから、興味を持ってくれた人は声かけてくれるかなあ、と」

「いや、それ、どうなんでしょう。なんというか、絵本の世界のお友達募集みたいで、現実感がないですよ。ちゃんと時間とか料金とかも明記して、それで、そういうことをちゃんと書いたチラシを配るとか、ホームページを開設するとか。このあたり、路地に小さなお店はいろいろあるけど、ここはメインの通りからははずれてるし、これだけだと、生徒さんを集めるの、厳しいんじゃないんですか？」

「いいんです。偶然に任せたいんです」

実弥子の声がとても落ち着いていたので、俊子は「なるほどねえ、それもいいのかもね」と言って、実弥子の肩に手を置いた。

「とにかく、新しいことを始めようって思えて、よかったですね、実弥子さん」

「はい。ありがとうございます」

実弥子は、長い時間一緒に仕事をしてきた俊子の手のあたたかさを肩に感じて、じんとした。

「前に進まなくちゃなって、やっと思えてきて」

実弥子の言葉に俊子が無言で頷いたとき、ミャア、と猫の鳴き声がした。

「ああ、この辺、野良猫もけっこういるんだよね」と言いながら振り返った俊子の目の前にいたのは、猫ではなくて、少年だった。

「あ、ルイくん」

実弥子が声をかけた。

「ミャア」

ルイが、猫の声で返事をした。

「おいで」

手招きをされて、ルイは実弥子にすっと近づいた。

「ほほう、早速、自然にやってきた生徒さん一号というわけね。猫みたいに？」

俊子が、感心している間に、ルイはさっさと靴をぬいでアトリエの中に入ってきた。

「俊子さんも、一緒に描いてみない？」

「え、私が？　絵を？　私、絵なんて、ずっと描いてないですよ、中学生のときくらいから」

「そういう人こそ、よ！　今日は、体験授業ってことで」

実弥子は、俊子の手を引っぱった。

アトリエの床には、草原をイメージした緑色の絨毯《じゅうたん》が敷きつめられていて、中央に大家族が一度に揃って食事をとれるような、大きな白いローテーブルがどんと置いてある。人数の自由がある程度きくように、床に直《じか》に座って絵を描ける設定にしたのだ。

白い壁沿いには大きな机と椅子もあり、普段は実弥子が仕事のイラストレーションを制作する場所になっている。棚には、筆洗《ひっせん》バケツとパレット、二リットルのペットボトルを切って作った容器に入れた大小の筆、水彩絵の具、色鉛筆、鉛筆、定規、そして様々なサイズの様々な材質の紙など、絵を描く道具が整然と収められていた。

今回新しく購入したものもあれば、実弥子が長く使ってきたものもある。これからこの空間で生まれてくるであろう作品を受け入れるための、空《から》の棚もたくさん用意している。

ルイは、てのひらを広げて、ぺたぺたと壁にふれていた。自分が塗った白いペンキの感触を確かめているようだった。

「さてさて、みなさん」

実弥子が姿勢を正して大きな声を出すと、

「みなさんって、二人しかいないじゃない」

俊子が、からかうように言った。

「二人しかじゃありませんよ、二人も集まってくれたんです。とにかくそこに座って下さい」

促《うなが》されて、ルイがぺたりとローテーブルの前に座った。俊子もその横に腰を下ろした。

「あ、そうだ、エプロン、つけましょう」

実弥子は、大人用と子ども用の、白いシンプルなエプロンを二人に渡し、自分も俊子と同じものを身につけた。

「さて、本日は、アトリエ・キーチの記念すべき最初の日となりました」

俊子が顔を上げて、実弥子を見上げ、ぱちぱちと拍手をした。ルイも一緒に拍手をしてくれるかな、とちらりと横を見たが、表情を変えずに座っているだけだったので、俊子はちょっときまりが悪くなって、すぐに拍手を中止した。

「えっと、ですね……」

俊子の中途半端な拍手に、実弥子自身もなんだか調子がはずれたような気分になり、言葉につまってしまった。そのまま両手をひらひらと泳がせると、画用紙が積まれている棚から四つ切りの画用紙を三枚抜き取り、ルイと俊子の前に一枚ずつ置いた。そして二人の向かいに自分も座り、残った一枚の画用紙を置いた。

「この白い画用紙。これが、今日のみなさんの宇宙だと思って下さい」

「宇宙!?」

俊子が、やや高い声を出した。

「そう。えっと、宇宙そのものを描いて下さいってことではないですよ。世界と言い換えてもいいかな。まあ、その、この白い紙に自由に、自分のイメージを思い切り描いて下さいってことです」

「最初からそういうふうにわかりやすく言って下さいよ、先生」

俊子がまた少しからかうような調子で言っている横で、ルイは黙って白い紙の上にてのひらをゆっくりとのせては離す、という行動を繰り返していた。さっき白い壁の感触を確かめていたように、紙の感触を確かめているのだな、と実弥子は思い、しずかに語りかけた。

「どう? ルイくん。てのひらで、なにか感じる?」

ルイは、画用紙にてのひらを広げて押し当てたまま、動きを止め、ゆっくりと頷いた。

「ざらざら」

「ざらざら?」

俊子が、ルイの言葉を繰り返し、その動作をまねて、てのひらを自分の目の前の画用紙に押し付け、目を閉じた。ルイは、俊子の顔をのぞき込んだ。すると今度は、ルイが俊子のまねをするように目を閉じ、広げていたてのひらを横にスライドさせた。てのひらと紙が擦《こす》れるかすかな音がした。目をつぶったままその音を感じ取った俊子が、てのひらを同じようにスライドさせた。やはり紙とてのひらが擦れるかすかな音が生まれた。ルイのてのひらが起こすかすかな音と、俊子のてのひらが起こすかすかな音が重なる。

「うん、わかる、紙って、こんなにざらざらしてるんだ。なんかこれ、気持ちいいねえ」

俊子がうっとりと言った。

実弥子も、自分の目の前に置いた画用紙にてのひらを置き、スライドさせた。三人の音が、しずかに重なり合った。

「なつかしい……」

実弥子はひっそりとつぶやいた。

「うん、そうですね、今日はこのまま、手で絵を描きましょう」

実弥子の言葉に、ルイと俊子が同時に目を開いた。

「手で？」

俊子が確認するように言った。

「そう、筆を使わずに、指に直接絵の具をつけて、絵を描くの」

ルイは自分の両手を広げてまじまじと眺めた。俊子も右手の人さし指を立てて、その指紋を見つめた。

「指と絵の具と画用紙を使って、心の中にある風景を、私に伝えて下さい。私も一緒に、二人に伝えます」

テーブルの上に、それぞれのパレットと絵の具、水を満たした筆洗バケツが並べられた。

「それから、これね」

手ふき用の使い古したタオルを、それぞれに手渡した。

道具の準備が整うと、三人ともしんとしずまり、白い画用紙を見つめた。

「心の中にある風景って」

俊子が沈黙を破るように言った。

「いわゆる、心象《しんしょう》風景ってこと?」

「そうね、そういう根源的な風景でもいいし、さっき見たばかりの景色でもいいですよ。たとえば、朝起きて見上げた空とか」

実弥子の脳裏《のうり》には、薄い雲のかかったその朝の空が鮮やかに浮かび上がった。

「ここに来るまでの道で見たお花とか、飛んでいた蝶とか、商店街の八百屋さんとか。今、頭の中に浮かんだものを描いてほしいの。なんだかいいな、と思ったもの、描きたいな、伝えたいな、と思うものなら、ほんとうに見たものでなくても、いいのよ」

実弥子の言葉を聞いていたルイの目が一瞬大きく開かれた。

「想像の景色でもいいってこと?」

ルイの気持ちを代弁するように、俊子が言った。実弥子が、こくりと頷いた。

「もともと、絵に描いた時点で、全部想像の景色みたいなものだから」

実弥子は、バケツの水の中に指を入れ、パレットに出しておいた青い絵の具を人さし指の先で溶かし、画用紙の上にすっと一本、太い線を描いた。

「指は、こんなふうに一本だけ使ってもいいし」

言いながら今度は、人さし指と中指と薬指の先を、さきほどパレットの上に溶かした青い絵の具に浸《ひた》し、画用紙の上にぺたぺたと置いた。

「こうやって、何本も使って絵の具を置くように描いてもいいし」

おもむろにてのひらを広げて、バン、と絵を叩いた。紙の上で、青い絵の具が弾《はず》んだ。

「こんなふうに、てのひら全体を使うのもよし。いろいろやってみて、絵の具の広がり方を試してみるといいです」

実弥子の画用紙の上には、青い絵の具が気持ちよさそうに踊っていた。

「わあ、大胆。青の濃淡だけでも、きれい」

俊子が、目の前の実弥子の絵をしげしげと眺めた。その横で、ルイは、まだ白い画用紙をじっと見つめている。

「下書きもなしに、いきなり指で描くのって、ドキドキするね」

俊子が、学校で同級生に話しかけるようにルイに言った。ルイの頬にかすかにえくぼが浮かんだ。小さな指先を一瞬その唇に当ててから、バケツの中に人さし指の先をぽちゃりとつけた。

実弥子は、ルイの動きを見守っている。

ルイは迷わず緑色の絵の具に濡れた指先をつけ、画用紙の端っこにそっとそれを置いた。指先をねじるようにゆっくりと動かしたあと画用紙から指を離すと、今生まれたばかりの蔦の葉が一枚、白い画用紙の上に、つややかに存在していた。

「わあ、上手！」

俊子が思わず声を上げた。ルイの口角が、少し上がったが、手の動きは止めずに、緑の葉を次々に描いていった。

「さあ、俊子さんも、がんばって下さい」

実弥子が促すと、俊子は首をかしげた。

「えー、どうしよう。私の田舎の風景でも描くかなあ。田舎っていっても、埼玉だけど」

「いいじゃないですか」

「実弥子さんの、この絵の空は、やっぱりあの、山の中で見た空、ですか？」

「え？」

「あ、いや、だって……」

かつて自給自足生活をしていたあの山のことを、俊子が言っているのだと実弥子は気付いた。実弥子が大学生のときに、初めて仕事としてカットの依頼をしてきたのが俊子だったのだ。以来、俊子とは長いつきあいである。この人は、自分のことをずいぶん昔から知っているのだなあと改めて思いながら、俊子の目を見た。しかしすぐに照れくさくなって、視線をはずし、ルイの指先を見た。

その指先から、緑の蔦が次々に生まれていくのを見つめた。

蔦の絵に刺激されるように、実弥子の記憶の中からあの山の中の風景がまざまざと浮かび上がり、夏の、濃厚な草いきれの匂いが蘇《よみがえ》ってきた。草の中に、立っている人がいる。思い出すたびに、胸が締めつけられるその人が。

「ごめんなさい、私、余計なことを言いましたよね」

実弥子の表情が明らかに変わったのを感じ取った俊子が、控えめな声で詫びた。

「いいえ」

実弥子は顔を上げて、俊子の顔をまっすぐに見た。

「もちろん、一番大切な記憶です。あのころの風景は」

あのころの、希一《きいち》と一緒にいた風景のことは。実弥子は、心の中でそうつぶやいた。

「でも、これは、この空の色は、違うんです。これは今朝、この街で見上げた空のことを思って描きました」

「そっか。そうですよね。確かに、今日の空も、きれいだし。今、このときの空の色も、充分に大事ですよね」

「まあでも、この空の色はいつの空か、とかいちいち考えたりして描くわけではないですね」

「はは、そうかもね。よし、とにかく、指絵に挑戦だ。私はねえ、高校生のとき学校帰りに見た放課後の空を描くことに決めました」

俊子は、水に指をつけ、オレンジ色の絵の具を溶かし、画用紙の上で伸ばした。

「おお、なんだか幼児に戻ったみたい」

「それが、指で描く絵の一番いいところですよ」

実弥子は、茶色い絵の具を指先につけ、一本の電信柱をまっすぐに立てた。

ルイは、ずっと無言で絵に集中していた。ゆらぐことのない目線が、それを物語っていた。

実弥子は自分の手を止めて、ルイの瞳とその指先を見守った。画用紙の左の端から始まった蔦の葉は、一枚一枚丁寧《ていねい》に指で形づくられていた。緑の葉に、黄色や青、時にはオレンジ色や赤が重ねて置かれ、鮮やかな色の広がりを見せていた。一枚として同じ葉はなかった。雨水を受け、光を照り返し、風に翻り、歳月を受け入れている、一枚ずつの命を感じさせた。

「ルイくん、ほんとうにすてき。すばらしいね」

実弥子は、ルイのそばに座って、ささやくように思ったことを伝えた。ルイが顔を上げた。瞳の奥に光が宿っている。

「一枚一枚、とっても生き生きしてる。ルイくんが、この蔦のこと好きなんだって、伝わってくるよ」

「うん」

実弥子は、かつて蔦がびっしりとはびこっていた玄関の引き戸に視線を向けた。

「ここにも蔦が生《は》えてたのに、取ってしまったんだよね」

「知ってる」

ルイがそう言ったことに、実弥子は驚き、瞬時に罪悪感を覚えた。

「ごめん」

「ちがうよ」ルイが早口で言った。

「この蔦は、階段の蔦」

ルイは、グレーの絵の具を人さし指と中指の二本の指に含ませ、蔦の絵を描いていない右上の空白部分に、すっと横線を描いた。さらに、明るいグレーと濃いグレーの横線を加えて、蔦の群れから浮かび上がる階段が作られた。

「あるある、こういう感じの古い階段、この辺には。階段もうまいねえ、ルイくん、さすがだあ！　天才じゃないのか、君は？」

俊子がおおげさに言うので、ルイは顔が少し赤くなり、手が止まった。

「あら、ごめんなさい、ちょっと私、デリカシーがなかったかも」

ルイは、首を振り、俊子の絵を指さして、きれい、とひとこと言った。俊子の画用紙には、オレンジ色と黄色と赤がグラデーションをなして、じわじわと広がっていた。

「おしっこ」

ルイが突然立ち上がった。今にも漏らしそう、というふうにエプロンを握っている。

「こっち、こっち」

実弥子があわてて、トイレに案内した。


「まさか原画を取りに来て、自分が絵を描いて帰るなんて、ね」

俊子が、仕上がった夕焼けの絵を見ながらしみじみと言った。夕焼けのグラデーションの中に、梅干しのような赤い丸が一つ浮いている。バスケット部だったことを表現しているのだぞうだ。

「いい絵になりましたよ、俊子さん。まさか私も俊子さんの描いた絵を見られる日が来るなんて思いもよらなかった」

実弥子が半分笑いながら言うと、無理やり引っぱり込んだくせにー、と、俊子も笑った。

「実弥子さんの絵は、やっぱりプロっぽいですね」

実弥子が完成させた絵は、淡い朝の空の下に、電信柱が垂直に並び、その間にたくさんの屋根が明るい色でやわらかく描かれていた。この街の実弥子なりの印象を、指で描きとめたのだった。

「ありがとう。でも自由に描いたはずの絵までプロっぽいって言われちゃうのは、絵としては、どうなのかな、とも思ってしまうな」

「実弥子さん、考えすぎですよ」

「そうかな」

「それにしても、ルイくんの絵は、すごいよねえ」

「うん、楽しい。見てるとワクワクしてくるね。とってもすてき」

二人で絶賛しながら、ローテーブルの上に置かれたルイの絵を眺めた。階段の上から蔦に向かって、カラフルな生き物たちがこぼれ落ちるように描かれていた。猫やねずみや、犬に鳥。猿もいればキリンもいた。そして、ゾウが左下にどっしりと立ち、長い鼻を持ち上げている。どの動物も半透明で、蔦の絵が透けている。

「階段の上に、動物の国がね、あるんだよ」

動物を次々に指で指し示しながら、ルイがいつもより少し長く話をした。

「ゾウはね、ゾウは、動物の国から抜け出して、この世界全部を、よいしょって背負ってるんだ」

ルイが立ち上がり、「世界全部」を表現するように両手を大きく開き、顔を上げた。目がきらきらと光り、小さな白い歯がのぞく。その手の中に、ルイの世界が広がっているのを、実弥子は感じた。今、ルイは、世界全部を支えるゾウになって、それを眺めているのだ、と。

「ゾウは、たくましいんだね」

ルイは、こくりと頷いた。

俊子が、ルイの絵を両手で持ち上げて、ルイのそばで掲《かか》げた。ルイの描いた動物たちが、光をぞんぶんに浴びて、鮮やかな色でうれしそうに跳ねている。

「こういうふうにして見ると、楽しさ十倍増しだねえ。行ってみたいねえ、階段の上の、動物の国」

「じゃあ、いこう」

ルイが、俊子の顔をちらりと見てから、外に飛び出した。

「え、行くって、階段に？　あ、ちょっと待って」

俊子が、ルイのあとをあわてて追った。実弥子は、俊子の後ろから「すぐ追いかけるねー」と声をかけ、玄関に鍵をかけてから、二人を追いかけた。

思った通り、初めてルイと出会った階段の上に二人はいた。並んで立って、なにか話しながら空を見上げている。古い階段は、狭くてがたがたしていて歩きにくい。粉雪のような白いものが少し積もっている。階段の脇の塀の上に伸びている木々からこぼれた雄蕊《おしべ》のようなものらしい。塀はびっしりと蔦で覆われていて、植物の気配にむっと包まれる。急ぎ足で階段を上ってきたので、少し息が荒くなり、汗が滲《にじ》んだ。

「ミャアー」

ルイが実弥子に向かって、猫の鳴き声で呼びかけた。

「ミイヤー」

実弥子も、階段を上りながら、猫の鳴き声で応えた。

「ミヤコネコも、動物の国へ、仲間入りだ！」俊子が言った。

「猫、猫、おいで」

ルイが、実弥子の両手を取って引っぱった。子どもの手だ、と実弥子は反射的に思う。やわらかくて、あたたかい。階段を上ってほてっているはずの自分よりも、もっと。

実弥子は、最後の一段に、少しジャンプをして降り立った。三人で階段の上に並んで、空を見上げた。雲を少し残した空はからりとして明るく、心地よい風が吹いていた。

「ミヤコネコはね、ここからぴょーんとジャンプして、あの雲にぶーんってぶつかって、どんどんぶつかって、雲のむこうまでいっちゃうの」

ルイが、一気にそう言って、くくくと笑った。

「えー、じゃあ、もう戻ってこられないのお?」

実弥子が少し悲しそうに言うと、

「ううん、もどってくるよ!」

猫の手のように握った手を、ルイは胸の前でぐるぐると回した。

「ぐるぐるぐるぐるぐる」

「なあに、それ」俊子が訊いた。

「ぐるぐるぐるぐる、って回転するんだ」

実弥子は目を閉じて、雲の上で宙返りする自分の姿を想像してみた。身体が一瞬、ふわっと浮いたような気がした。

「ぐるぐるぐるぐる、回転しながら、ぶんぶんぶんって、雲をけちらしながら、落ちてくるんだ」

実弥子は、頭の中で、ルイの言う通りにぐるぐる回る自分を想像して、少しめまいがした。

想像の中の世界とはいえ、酔いそうである。

「ぐるぐるぐる」

ルイは、手を回し続けている。

「あー、目が回るー」

実弥子が目を閉じたまま少しふらっとすると、俊子があわててその身体を支えた。

「ルイ！」

背後で女性の声がして、実弥子は、ぱちりと目を開けた。振り返ると、長い髪を後ろで一つに束ねた女性が一人、立っていた。ルイは、ぐるぐる回していた手を空中で止めた。

女性は、ルイに向けていた視線をはずし、実弥子と俊子を交互に見て、口を開いた。

「あの……、どなた、ですか？」

ルイは、その人をじっと見上げたまま、唇をかたく結んでいる。

年齢と雰囲気から、この女性がルイの母親なのかな、と実弥子は推察し、答えた。

「えと、私は、金雀児実弥子といいます。この下で、絵画教室を開いているんです」

「絵画教室……？」

「あ、まだ今は、お試し期間中で、正式な教室開始はこれからなんですが」

女性は、なるほどね、と言うかわりのように、無言で何度か頷いた。

「それで、あなたは？」

俊子が、その女性にたずねた。

「あ、ごめんなさい、私、いきなり、お訊きするばかりで、失礼でしたね。私は、林田英里《はやしだえり》子《こ》と申します、この子の、ルイの、母親です」

ああやはり、と心の中で思いながら、実弥子は微笑んだ。

「そうなんですね。ルイくんの、お母さま」

「ルイは、種類の類と書きます」

英里子は、丁寧に説明を加えた。

「ルイくん、そういう字書くんだ。かわいいね」

俊子も笑みを浮かべて言った。英里子は、二人の笑顔に応えるように、おずおずと笑顔になった。反して、ルイは、いつもの真顔にすっかり戻っている。

「もしかすると、うちの子が、その、絵のお教室に、勝手にお邪魔してしまったのでしょうか、ほんとうにすみません……」

「いいえ、邪魔だなんて、ルイくん、そんなことは全くないです。ぜんぜん逆です。実は、教室を準備しているときから、たくさん手伝ってもらってたんですよ」

「手伝う……？　ルイが、ですか……？」

「ええ、それはもう、大活躍で。部屋の壁とか棚とか、白いペンキで、それはそれは、きれいに塗ってくれて」

実弥子が、そのときのことを思い出しながら明るく言うと、あ、と英里子が声を漏らした。

「白……」

実弥子は、ドキリとした。きっと白いペンキを洋服につけて帰ったこともあったのだろう。

「すみません、お洋服を汚しちゃったこともあったかもしれません」

「あ、いいえ、なんだろうって思っていましたので、今、その理由がわかって、よかったです。毎日、どこへ行ってるんだろうって思って、ちょっと心配していたんですよ。私も、働いているので、ずっとこの子にかまっているわけにはいかなくて。白いのがついていたお洋服は、全部捨てました」

「えっ」

俊子が思わず声を上げた。

「すみません、もったいないことをさせてしまって」

実弥子は、ルイが帰っていったあとのことまで、まるで考えていなかったことに気付いた。急に申し訳ない気持ちが膨《ふく》らみ、深々と頭を下げた。ふと生温《なまぬる》い風が吹いて、草の匂いが鼻腔《びくう》を抜けた。

「いえ、いいんです、私がそうしたくてしただけのことですから。それより……」

英里子は、つかつかとルイに近づいた。

「ルイ、知らない人のお家に勝手に上がったりしちゃ、ダメでしょう」

少し強い口調で言いながらルイの手を取ったが、ルイはうつむいたまま、英里子から目をそらしている。

「あの、あの、ごめんなさい！　私が、声をかけて、やってもらったんです。私の方が、勝手に誘ってしまったんです。すみません。でも、その、ペンキ塗りも、絵も、ほんっとにとっても上手で、楽しそうでしたよ」

「ペンキ塗りと、絵が、上手……？　この子が？」

英里子が、眉間《みけん》にかすかに皺を寄せて訊いた。

「ほんとですか？」

「ほんとです、ほんとです！」

実弥子は、思わず声が大きくなった。

「そうですよ、お母さん！」

俊子も、実弥子に加勢するように、大きな声を出した。

「とっても上手だし、楽しそうだったのは、ほんとです。今、ここで、ルイくんのこと、見てたんでしょう？」

「あ、はい。この子があんなにしゃべってるのって、ほとんど見たことなくて、ほんとに、びっくりしました」

英里子が、ルイの頭をなでた。ルイがゆっくりと顔を上げた。ルイと英里子の目が合う。

「ルイ、なにがそんなに、楽しかったの？」

ルイは、わかんない、というふうに首を少しかしげた。

「お母さんにも、さっきみたいに、話してよ」

英里子がしゃがみこみ、ルイの顔を見た。ルイは目を合わせて、口をかすかに開き、なにか言おうとしたが、唇の動きは止まったまま、言葉が発せられることはなかった。

「お母さん、絵を、ルイくんの絵を、ルイくんが描いた絵を、見て下さい！」

実弥子が言った。

「絵?」

「そうです、絵、です。ルイくんが今描いた、生まれたての絵を、ぜひ!」

「そうそう、すてきな絵なんだから、お母さんにも見てもらわなくっちゃ」

俊子がルイに話しかけると、ルイはこくんと一度頷いて、とんとんと階段を下り始めた。

「この下なんです」

実弥子が促すと、英里子はまばたきを繰り返して戸惑いを隠せない様子のまま、一緒に階段をそろそろと下りていった。


「へえ……」

英里子が、ルイの絵が描かれた大きな画用紙を両手で持って、顔を近づけてまじまじと見た。

「あの、お母さん」

「はい?」

「絵って、そんなふうにあんまり近くで見るものではないかもしれません」

実弥子が声をかけると、英里子は「そうなんですね」と言いながら画用紙をローテーブルの上に置いて立ち上がり、ルイの絵を眺めた。階段で楽しそうに実弥子たちと笑いながら話していたルイの姿と、絵に描かれた動物たちの姿が重なる。

「確かに、楽しそう、かも……」

英里子は、ぼそっと言った。

「ねえ、ほんとうに、楽しそうでしょう」

俊子が英里子の耳元でささやくように言った。

「あの子が、ほんとに、これを……」

「ほんとうです。こんなことで嘘はつきませんよ」

実弥子は胸をはって言うと、英里子の肩に手を置いた。

「ルイくんには、絵の才能があります。なにより、絵が大好きなんですよ。それが、一番です」

「才能って、そんな、おおげさな……」

「ミャア」

ルイが、英里子の言葉を遮《さえぎ》るように、一声、猫の鳴き声を上げた。白いローテーブルの前にちょこんと座っている。

「ん？」

「ねえ、もういちまい、いい？」

「ルイ、そんな、あつかましいわよ」

たしなめる英里子に、実弥子が、いいんですよと笑顔で声をかけた。

「ルイくんがやる気まんまんで、うれしいな。でも、今日は、あと一枚だけね」

実弥子は、細い指で棚から白い画用紙を一枚抜き出して、ルイの目の前に置いた。

「今度はなにを使って描くかな」

机の上には、指で絵を描いていたときのパレットが、そのまま残されていた。色を混ぜる平たく広い部分の絵の具は、すでにすっかり乾いていた。

「今度はちゃんと鉛筆でなにを描くか、決めてから描いてもいいし」

2Bから6Bまでの芯のやわらかい鉛筆をつめた瓶《びん》を、実弥子はルイの前に置いた。ルイは、とがった鉛筆の先をめずらしそうに見つめて、人さし指の腹で、一本一本ふれた。

「色鉛筆を使ってもいいわよ」

実弥子は、ローテーブルの上で、三十六色の色鉛筆セットの箱の蓋《ふた》を開いた。金色のラインと印字の入った、グラデーションをなす色鉛筆三十六色が、花が咲いたように現れた。ルイは、ちらりとそれを見たあと、鉛筆の方に目を戻し、その一本――2Bの鉛筆を抜き取った。

「これだけでいい」

「黒い鉛筆だけで、描くの？」

「うん」

返事をすると同時に、ルイは白い画用紙の上に、大きな楕円《だえん》を描いた。

ルイの横に寄り添うように、英里子が座った。なにか言いかけてやめ、ルイの指先が動くのを見守った。

ルイは、一心に鉛筆を動かしている。最初に描いた楕円のまわりに、細い線を一本一本ゆっくりと確実に引いている。

「ルイくん、いいね、一本一本の線がきれい。線に迷いがないのが、いいよ」

実弥子が声をかけると、背筋を伸ばして見守っていた英里子が、「迷いがない」と、小さくつぶやいた。実弥子は、英里子が興味を持ってくれていることに、ほっとしていた。

「ルイくんは、描こうとしているものが、はっきりしているんだと思います。だから、一本一本の線がふらふらせずに、きれいに伸びている。頭の中には、ルイくんの描きたい世界がきちんと見えている、ということだと思います」

「描きたい世界が、頭の中に」

英里子がまた実弥子の言葉を繰り返すと、鉛筆を動かす手を止めることなく、ルイがこくりと頷いた。

「いつも、なにも言わないけど、頭の中には、いろいろあるってこと……？」

英里子がルイにやさしくたずねた。ルイは、鉛筆を動かしていた手を止めて、英里子に顔を向けた。その目をまっすぐにしばらく見てから、はにかんだように少し笑うと、また目線を戻して、鉛筆を動かした。

「それ、人の顔なの？」

俊子がルイの背後から訊いた。

「うん。おかあさん」

え、と思わず声を出したのは、英里子だった。

ルイが鉛筆から手を離し、立ち上がって絵をぶら下げるように持ち上げた。最初に大きく描いた楕円のまわりに、管《くだ》のようにうねうねと重なり合うことのない線が描かれ、迷路のようになっている。楕円の中には、林檎《りんご》やバナナやいちごや桃やさくらんぼなどの果物が、隙間なくぎっしりと描き込まれていた。楕円の部分が顔に、迷路の部分が髪に、見えなくもない。二つのいちごが楕円の上の方に左右対称に置かれているので、それが目に見える。

英里子がその絵をルイから受け取って、まじまじと見た。

「私の顔の絵にしては、ずいぶん斬新《ざんしん》ね」

「ルイくん、ここが顔のところ？　なんで果物なの？」

実弥子の問いに、ルイが、ぶっきらぼうに答えた。

「くだものが、好きだから」

「確かに、私、果物が大好きで、いつも朝一番に、なにかしら食べています」

英里子が、少しはずかしそうにそう言った。

「そんなところまで、見てたんだね、ルイ」

「おわり」

照れくさくなったのか、ルイが英里子の手から絵を奪おうとした。

「待って、待って、ルイ。せっかくだから、もっと見せて」

ルイは、素直に引き下がった。

「すごいね、黒一色で描いてあるのに、果物の色が、じわじわって見えてくるよ。ほんと、上手ね、ルイ」

ルイは、唇を少しとがらせながら、英里子に背中をあずけるように寄りかかった。

母親の承諾を得て、ルイは「アトリエ・キーチ」の正式な最初の受講生になった。

教室を開くのは、水曜日の午後三時からと日曜日の午後二時から。一回ごとのチケット制だが、何回でも通える「年間パスポート」を作ることもできる。ルイは、パスポート取得者第一号、でもある。俊子も、来られるときは手伝いを兼ねた受講生として参加することになった。

第一回の教室には、近所に住む、小学一年生のゆずちゃんと小学五年生のまゆちゃんの姉妹が、お母さんと一緒にやってきた。姉妹で散歩しているときに「アトリエ・キーチ」の看板を見かけ、どうしても気になってお母さんに頼んで連れてきてもらったのだそうだ。

お母さんは、ここが蔦だらけの廃屋《はいおく》状態だったことも覚えていて、すっかり清潔なアトリエになったことに感心し、娘たちがアトリエに通うことを、すぐに承諾してくれたのだった。

アトリエのエプロンをつけたルイが、姉妹に道具が置いてある場所などを、スタッフのように案内しているのを見て、実弥子は胸が、じん、と熱くなった。少し離れてそれを見守りつつ、ワゴンに飲み物やお菓子の用意を整えた。絵を描いている最中に喉《のど》がかわいたり、お腹が空いたりしたら、自由に飲んだり食べたりしてもいいコーナーを設置したのだ。第一回目であることの日のために、はりきって手作りのマドレーヌを焼き、一つ一つ透明なラッピング用の袋にいれて、小さなリボンを結び、籐籠《とうかご》の中にきれいに並べた。隣に置いた皿の上には、チョコレートやクッキー、飴などの市販のお菓子を盛った。

「そんなことしてると、お菓子が食べたくて教室に来る子も、出てきちゃうんじゃない？」

俊子は心配したが、

「まあ、それはそれでいいじゃない。お菓子に釣られて、絵を描くことが好きになってくれる子も、きっといると思うし」

実弥子は鼻歌でも歌うように一蹴《いっしゅう》した。

「実弥子さんって、案外、楽天家なんですね」

「そうかもしれないですねえ」

実弥子の声を、高い声がかき消した。

「わあ、おかしー」

「わあ、かわいー、おいしそうー」

ゆずちゃん、まゆちゃん姉妹が、早速お菓子に吸い寄せられるように、寄ってきたのだ。

「マドレーヌは、一人一個ずつね。みんなにいき渡って、まだ余っていたら、おかわりしてもいいです。その他のものは自由に食べていいです。飲み物は、それぞれのカップに名前を書いておいたから、それに自分で汲《く》んで飲んでね」

実弥子は、おやつコーナーの決まりごとを、ルイにも聞こえるように、二人の姉妹に話した。

ルイは、もうテーブルについて、白い画用紙を一心に見つめていた。

ゆずちゃんが、「はい、おにいちゃん、一人いっこだってー」とルイの横にマドレーヌを置いた。ルイは顔を上げて、不思議そうにゆずちゃんを見た。ゆずちゃんは、ルイと目が合うと、にまあ、と笑った。ルイは少し驚いたような表情を浮かべて、ぱちぱちとまばたきをした。

「あ、ありがとう」

ルイは、ゆずちゃんが持ってきた袋入りのマドレーヌを、初めて見るもののように手に取って眺めた。袋には、赤いリボンがついている。

「ルイくん、それ、知らないの？　マドレーヌだよ。きっと、おいしいよ。実弥子さん、得意だから」

俊子がルイに言った。

得意というか……と、実弥子は胸の中で俊子に答える。希一が好きだったから、よく作ってたんだよ。あんな山の中でも、材料が手に入ったら、焼いてたなあ。

希一のことを思い出していると、「なんのために、絵って、描くんでしょうか」という、ルイの母親の言葉がふと蘇った。教室に通う手続きをすませて、帰る直前になって問いかけてきたのだ。

「ルイがとても楽しそうにしているので、しばらく通わせてみますけど、なんだか不思議に思ってしまって。なんのためにあるんでしょうね、絵って」

実弥子は、即答はできなかった。「楽しければいいんですよ」などと、笑顔でごまかしてしまった。あまりにもドキリとしたのだ。その質問は、初めてではなかった。

「なんのために、こんな絵なんて描くんでしょうねえ」

と、個展に展示された絵を一通り見終わった人に言われたのだ。自分の絵に対してではない。希一の個展で、その絵を初めてつくづくと見た希一の母親が、こぼした言葉だった。

希一、という古風な響きの名を持つ人は、かつて実弥子の夫だった。本人の性格も名前を反映したかのように、少々古風だった。パソコンなどの電子機器はもちろん、テレビや洗濯機、冷蔵庫なども一切使わず、部屋に元からついていた電灯だけが唯一の電気製品だった。それを実弥子が知るのは、ずっとあと、一緒に暮らすようになってからなのだが。

二人が通っていた、変わり者の多い美術大学の学生の中でも、希一は少々浮いていた。無造《むぞう》作《さ》に伸ばした髪を後ろで一つに結び、雪がちらつくような真冬の日でも裸足《はだし》に下駄を履《は》いて歩いていた。美大とはいっても、こざっぱりとしていてお洒落な、見かけはごく普通の若者が増えている中、いつの時代のものかわからないような古めかしい毛玉の浮いた服を着て、長い手足を持て余すように校内を闊歩《かっぽ》する希一は、一昔前のバンカラ学生のようで、妙に目立っていた。

対して、堅実な性格の実弥子は、他の美大生の個性的な行動様式と作品の中で地味に沈み込んでいた。二年浪人して入学した希一とは二つ年下の同級生だった実弥子だが、授業で話をすることは全くなかった。実弥子が広い校庭の芝生で、自分で握ったおにぎりを食べ、水筒に入れた熱いお茶を飲んでいたところに、なぜか希一が話しかけてきたのだ。

「学校の野草《やそう》、食べる?」

実弥子は、唐突に話しかけられて、思い切りむせてしまった。げほげほと涙を流して苦しがる実弥子の背中を、希一が、ごめんごめん、と謝りながらやさしくさすった。

東京の郊外に陣取る大学は、その分とても広く、山に囲まれるように校舎が並び、自然が豊かだった。希一は広大な敷地に生えている野草を「もったいない」と言って「学校で食べられる野草を探す会」という自主サークルを立ち上げた。大学内の野草を食べるメンバーを、自分から声をかけて募《つの》っていたのだ。

地方都市で育った実弥子にはなじみ深い雰囲気があり、子どものときは友達と食べられる野草を食べて遊んだ経験もあった。その後、その「学校で食べられる野草を探す会」に入って、希一と徐々に親しくなっていったのだ。

まさかその希一と結婚することになるとは、実弥子も野草を探す会初日には、全く予想もしていなかった。

在学中に大学に近いアパートで同棲を始め、大学を卒業してから山深い地域の古民家に引っ越し、実弥子と希一は結婚した。同棲していた期間も含めて十八年、一緒に暮らした。

しかし、希一が他界して、二人の暮らしは唐突に終わりを告げた。

一人になって一年あまりが過ぎたとき、実弥子はその古い家を出て、東京にアパートを借りた。

実弥子のイラストレーターとしての仕事は、やはり東京にいる方が都合がよかったし、もともと山奥での暮らしは、実弥子が望んだものではなかった。希一のこだわりがそうさせたのだ。一緒にいる間は、ぎりぎりの状態で協力し合っている日々もおもしろく感じていたが、希一がいなくなってしまったあとでは、ただ心細くて淋しかった。

それでも一年、その淋しすぎる家にとどまったのは、ひとえに出ていくエネルギーがなかったからだと、今になって実弥子は思う。

東京の部屋に置くことができない希一の絵は、生前に取引があった画廊にまとめて預かってもらった。大学在学中から注目されていた希一の描く絵は、個展を開いて売れることもあったのだ。画廊が買い取ってくれた絵もあり、そこでまとまったお金が入ったため、アトリエの改装費用を捻出《ねんしゅつ》することができたのである。

「先生、今日は、なにを描けばいいんですか?」

まゆちゃんの質問の声に、実弥子ははっと我に返った。希一のことを考え始めて、ぼうっとしてしまっていた。気持ちを立て直すようにしゃきっと背筋を伸ばした。

「今日は、お友達を描きます」

「おともだちい?」

ゆずちゃんとまゆちゃんが同時にそう言うと、ルイは無言で顔を上げた。俊子は、自分だけが「大きいお友達」であることに引け目を感じつつ、承知しました、と答えるかわりに軽く何度も頷いた。

「目の前のお友達の顔と全身をよく見て、描きます。描くときと、モデルになるとき、それぞれ一人ずつ交代で行います。今から、そのペアを組みます。描き合うお友達は、くじ引きで決めます」

実弥子は、あらかじめ割り箸で作っておいたくじをルイとゆずちゃん、まゆちゃん姉妹、そして俊子に引かせた。結果、ルイとまゆちゃん、ゆずちゃんと俊子、というペアになった。

ゆずちゃんが、まゆちゃんの耳元で「おともだちじゃないよね、このひと、おとなだもん」とささやくと、まゆちゃんが「今だけ、絵を描くときだけの〝おともだち〟って意味だよ」と説明しているのに実弥子は気付いたが、あえて自分からは「お友達」の解説は付け加えないことにした。

「それでは、今組んだお友達の片方がモデルになって、もう片方が描いて下さい。五分間ずつ、交代しながら描きます。まず、どちらが先にモデルになるか、決めてくれるかな？」

「あ、はい、じゃあ、私、最初はモデルをやるわ」

俊子が最初に手を挙げると、ルイも横で手を挙げた。

「ルイくんも、最初にモデルをやってくれるの？」

「うん」

ルイはひとことそう答えて、立ち上がった。両手をぴたりと足に添え、直立不動の格好になった。

「ルイくんさ、その感じ、ちょっとかたすぎるんじゃないかな」

俊子も立ち上がった。

「もうちょっとこう、モデルというからには、なにかポーズ取った方がいいんですよね、先生」

俊子は実弥子に話しかけながら腕を組み、両足をクロスさせた。

「五分間そのままでいなきゃいけないんだから、モデルになるときは、無理のないように、楽なポーズをして下さいね。二人とも、肩にそんなに力を入れない方が、いいですよ」

実弥子は、ルイと俊子の肩を順番にもんだ。俊子は、組んでいた腕をほどいた。

「自然にしてればいいってことね。そうね、今は、ゆずちゃんだけのモデルだからね」

俊子がゆずちゃんの方を見て言うと、ゆずちゃんが少しはずかしそうな表情を浮かべながら笑った。前歯二本がまだ生えかけの永久歯で、そのちょっと間の抜けた口元が実にかわいいなあ、と俊子は思う。

「では、ルイくんと俊子さんは、これから五分間、そのまま立っていて下さいね。まゆちゃんとゆずちゃんは、画用紙を縦に使って、モデルの人の全身を、まず鉛筆で描いて下さい。お友達の頭の先から形を捉えて、目で見えた通りに、ゆっくり線を引いて下さいね。五分で描けなかったら、あとでまたポーズを取ってもらうので、焦らずに描いてね」

まゆちゃんは、まっすぐに立つルイをしばらくじっと見つめた。人の顔をじろじろ見てはいけません、と昔お母さんに言われたことをふと思い出した。でも、今は、いいんだ。そう思いながら、ルイの髪や顔や、腕や足をじっと見つめた。

その横で、ゆずちゃんが、くすくす笑い始めた。大人の女の人がまじめに、自分のためだけにポーズを取ってくれている、という状況そのものが、なんだかおもしろくなってしまったのだった。気付いたまゆちゃんが、まじめにやりなさい、と言うように、ゆずちゃんをひじで軽く突いた。

そうして鉛筆で全身の形を描き合ったあと、水彩絵の具で色をつけた。ゆずちゃんの描いた俊子の全身像は、暖色でまとめられた明るい絵に仕上がった。大きな口を開けて笑っている唇も、口の中も、鮮やかな赤い色で塗られている。

「絵の中の俊子さん、楽しそうで、とてもいいわねえ」

実弥子がゆずちゃんに声をかけた。

「ゆずちゃん、こんなふうに見てくれてたんだあ」

俊子が、絵を手に持って言った。

「私、めちゃくちゃ元気そう。うれしいなあ。絵に描いてもらえるって、いいもんだね。こっちは見せるのがちょっとはずかしいけど……」

そう言いながら差し出した俊子の絵の中で、ゆずちゃんは、ふんわりと笑っている。その口に、俊子がかわいいな、と感じた生えかけの永久歯もちらりとのぞき、今着ているワンピースの水色のチェックの模様も、丁寧に描かれている。

「おんなじだあ」

ゆずちゃんがワンピースの模様と絵を見比べながら、うれしそうに言った。

「俊子さん、繊細な絵になりましたね。すてきです」

ルイとまゆちゃんも、三人の後ろから絵をのぞいている。

「さて、ルイくんとまゆちゃんの絵も、みんなで見ましょうね」

ルイが描いたまゆちゃんは、今にも絵の中から飛び出してきそうだった。細密に描かれた鉛筆の下書きの上に、慎重に絵の具が塗り重ねられていた。筆先を使って髪の毛や眉や睫毛《まつげ》が一本一本描かれ、瞳には淡い光がともっていた。まゆちゃんの顔によく似ていると同時に、その心の奥にある芯の強さを感じさせる。頬や指先、膝がしらには淡い桃色がかすかな青を滲ませながら置かれていた。生き生きと血の通う、エネルギーの充《み》ちた子どもの身体なのだということを、実物以上に伝えているようだった。

「ルイくん、すばらしいね……」

実弥子は、ルイの絵のすばらしさを伝えるための言葉を探そうとしてうまく見つからず、口ごもった。

「わあ、すごい……。これが私……？」

「まゆちゃんに、にてる」

ゆずちゃんが、感心して言った。

「なんだろう、これ……。こんなふうに描いてもらうと、自分が今、ちゃんと生きてここにいるんだって、気がついた気がする……」

まゆちゃんがつぶやいた。実弥子ははっとする。

ルイが、まゆちゃんをモデルに絵を描いた。ただそれだけの、シンプルなこと。でも、描かれた絵の中には、今まで見えていなかったその人が見えてくる。言葉では言えない、不思議な存在感を放つ姿が。ルイと希一、それぞれの母親がふと口にした「なんのために絵を描くのか」という問いの答えが、もしかするとこうした絵の中にあるのではないかと、実弥子は思った。

「ねえ、ルイくんって、何年生？」まゆちゃんが訊いた。

「三年」

「うわあ、私より二コも下なんだあ。やだなあ、こっちは、見せるのはずかしすぎる」

まゆちゃんが自分の絵を隠すように、覆いかぶさった。

「まゆちゃん、絵はね、描き上がったときに、描いた人を離れるんだよ」

実弥子がやさしく言った。

「え？　離れる……？　どういうことですか？」

まゆちゃんが、絵の上に手をのせたまま顔を上げた。

「でき上がった絵は、ひとつの作品だから、でき上がった瞬間に、作者の手から離れて、まわりに自分を見てもらいたいな、という意志が生まれるのよ。それは作品自体の心。描いた人の心とは別に、新しく生まれるの」

「……ほんとに？」

まゆちゃんの眉が少し下がり、不安そうに数度まばたきをした。

「そうよ。たとえば、今ルイくんの描いたこの絵は、ルイくんだけのものだって思う？　ルイくんだけが見て、満足すれば、それでいいと思う？」

実弥子の質問に、まゆちゃんは長い睫毛を伏せてしばらく考えた。

「そりゃあ、ルイくんの絵は、上手だから……みんなで一緒に見たいなあって思うけど……」

「まゆちゃんの絵も、みんなが一緒に見たいなあって思ってるよ」

実弥子がそう言ったとき、ルイがその言葉にかぶせるように「見せてよ」と言った。

まゆちゃんは、少し照れたような表情を浮かべて、ルイにちらりと視線を送ってから背筋を伸ばした。

「わかった。モデルのルイくんが見たいって言うなら、見せないわけにはいかないよね」

まゆちゃんは、絵の上を覆っていたてのひらを滑《すべ》らせるように引いた。画用紙の中には、こちらをじっと見据えてまっすぐに立つルイが現れた。手も足も細くてやや頼りない身体をしているが、顔はしっかりと大きく描かれていた。

「私、人を描くの、あんまり得意じゃなくて……。バランスが変になっちゃって、なんか、やっぱり、下手だ」

まゆちゃんが、小さな声で言った。

「そんなことないよ、まゆちゃん。よく描けてる。とてもいいと思う」

実弥子がゆっくりと言った。

「ねえ、なんで緑色なの？」

ゆずちゃんが絵を見ながら訊いた。

まゆちゃんの絵の中で、ルイの顔の輪郭からはみ出しそうなほど切れ長に描かれた目の中の瞳と、ふわふわと描かれた髪が、深い緑色をしていた。

「なんでって……それは、なんとなく、かな。ルイくんのこと、じっと見ていたら、そんな色をしているような気がしたから」

「そうなのね、まゆちゃんには、ルイくんがこんなふうに見えるんだね」

実弥子が、絵を手に取って持ち上げた。

「ちょっと、ここに置いてみるね」

棚の上に、その絵を立てかけた。レモンイエローで塗られた肌と、緑色の髪と瞳が溶け合って、絵に描かれたルイが、一本ですっと立つ草の花のようだと、実弥子は思った。

「こうしてみると、ほんと、ルイくんと緑色って、似合うね。いいなあ、この絵も、気持ちがいいよ。子どもって、やっぱり自由だね。みんな天才だわ」

俊子が感心するように言うと、まゆちゃんが、棚の上の絵をさっと取って、くるくると丸めた。

「やっぱり、それほどでもないし、はずかしい」

くるくると丸めた画用紙を、ルイがつかんだ。

「これ、ほしい」

「ええっ!?」

まゆちゃんが、目を丸くした。

「ほしいって……、私の、この絵が、気に入った、ってこと?」

ルイが、こくりと頷いた。

「そっか、それって、やっぱりまゆちゃんの絵が、とってもすてきだからだよね!」

実弥子がまゆちゃんの肩に、ぽんと手を置いた。

「でも、みなさんの描いた絵は、それぞれ一度持ち帰って、お家の人に必ず見せて下さいね。そのあとで、どうするかはお母さんたちにも訊いて、みんなでよく相談して決めて下さい」

「相談ってことは、じゃあ、私の絵をルイくんにあげるかわりに、そのルイくんの絵を、私がもらったりしても、いいってこと?」

まゆちゃんが、ローテーブルの上に広げられたままの、自分が描かれたルイの絵を見た。

「いいよ」

ルイがさらりと返事をした。

まゆちゃんは、どきどきしてきた。ルイが描いた自分の顔が、自分を見ている、とまゆちゃんは思った。ルイが描いた自分。ルイが見ていた自分。自分が、他の人の目に映っているということを初めて知った気がしたのだった。

自分も、ルイを見て、描いた、とまゆちゃんは思う。よおく見ながら描いているうちに、なんとなく見ていたときには気付かなかったことが見えてきた。ルイの、一見どこを見ているかわからないその瞳をじっと見ているうちに、遠いところへ一瞬、一緒に行った気がしたのだ。そこに、風にゆれる草原が見えた、気がした。だから、その瞳を緑色に塗り、草原のような髪にも、同じ色を置いたのだ。

そんなふうに顔には時間をかけてこだわって描いたけれど、身体の形はうまく描けなかった気がして、まゆちゃんは自信がなかった。でも、ルイにこの絵がほしいと言われて、ずいぶんうれしかった。自分も、ルイが描いてくれた自分の絵はとてもきれいだと思った。その絵が、ほしくなった、とても。なんだろう、この感じ。そこには、自分ではない人がいるようで、確かに自分がいる、とも思う。自分が、別の世界にいる……。

絵の道具を片づけながらまゆちゃんは、水に浮かんだゴムボートに乗ってゆられているような、不思議な心地がしていた。

教室が終わり、実弥子はアトリエの奥の押し入れの中をそっと探《さぐ》って、一冊のクロッキー帖を取り出した。「Kiichi」と、イタリック体ふうに斜めに書かれた鉛筆のサインが入っている。希一の使っていたクロッキー帖の一冊である。たくさんのクロッキー帖が残されていた。実弥子は、表紙の希一のサインにふれたあと、ぎゅっとそれを抱きしめた。以前は、折にふれて何度も開いたそれを、希一が亡くなったあとは一度も開くことができなかった。

今日、ルイたちがお互いを描いている様子を見守りながら、実弥子は希一が自分を描いていたことを、強く思い出したのだ。一緒に暮らしているときのなにげない一瞬を、毎日描きとめていた。気付くと、鉛筆の音がしていた。山の中の家に、テレビやラジオは置いていなかった。音楽を再生するための機械も、なにもなかった。二人が口を閉じると、圧倒的な静寂が訪れた。鳥や虫の声、風が木々をゆらす音、遠くで水が流れる音、といった外界の自然の音以外は、なにも聞こえなかった。

鉛筆の音が聞こえたら、ああ、描いているのだな、と思いながら、実弥子は自分の作業を続けた。実弥子は手先を使う仕事が、好きだった。希一が実弥子を描いているとき、実弥子自身も自分の絵を描いていることもあったが、多くの時間は布を切り、縫い合わせて、畑で収穫した野菜などを保存、仕分けするための大小の袋や、廊下の床を磨くための雑巾など、細々《こまごま》としたものを作っていた。あるいはジャムを作るためにいちごのヘタを取ったり、インゲンの筋を取ったり、煮卵用のゆで卵の殻を剝《む》いたりしていた。それらの手作業と、鉛筆の音が、一体化していた。

実弥子は、一度深呼吸をしてから、クロッキー帖を開いた。一ページ目の人物と目が合う。人物は、明らかに自分である。手には、なにか細いペンのようなものを握っている。

「ちょっと、顔だけこっちに向けて」

希一にそう言われて、実弥子は顔だけで振り向いた。希一は、クロッキー帖を膝に置いて、鉛筆を動かしていた。

「そのまま、ちょっとじっとしてて」

「えー、私も作業中なのに」

軽く抗議の意思を示しつつ少し笑ってから、手を宙に浮かせたままそのポーズをしばらく続けた。

「疲れてきたよ」

「わかった、あと……三十秒！」

その通り、三十秒ほどで、「はい、もういいよ、ありがとう」と希一は言って、クロッキー帖を閉じて立ち上がった。どんなふうに描かれたのか、その場で一緒に見ることは少なかった。あとでこっそり、実弥子はそれを開いて眺めた。


振り向いた実弥子の絵のあとのページには、横顔や、後ろ姿、耳からうなじにかけて、あるいは、スカートから伸びている脛《すね》や膝の上で組まれた手、さらに、眠っている顔を描いたものもあった。そうそう、こんなふうに自分は希一の指先で、いろいろに描きとめられていたのだった、と思い出しつつ、見たことをすっかり忘れていた絵もあった。

あるページには、きゅうりばかりが描かれていた。形がいびつで、くるっと曲がっているようなきゅうりばかり。どのきゅうりもつんとしたとげがよく立っていた。いずれも、二人の畑で採《と》れた新鮮なきゅうりだった。夏の間、毎日毎日、きゅうりを二人で食べた。サラダ、酢の物、漬け物、冷や汁、かっぱ巻……。

いろいろ作ったなあ、と実弥子はしみじみと思い出す。

絵に描かれたきゅうりは、まるまる一本のものもあれば、ナイフで切った直線的な切り口のものもあれば、手でぽっきりと割って複雑な折れ目をデッサンしたものもあった。

ナスのページもあれば、トマトのページもあった。蝶やカミキリムシなどの昆虫も描かれている。最初は、実弥子ばかりだったクロッキー帖に、野菜や昆虫、さらにはやかんや洗濯板など生活の道具も登場していく。野菜や昆虫や道具の間に、実弥子の身体の一部が、必ず交じり込んでいた。

このクロッキー帖は、あのころの生活の断片そのものだ、と実弥子は思う。永遠に続くように思えたあの日々の。

ぽた、とクロッキー帖に水滴が落ちた。

雨漏り？　と実弥子は一瞬思った。山で暮らしているとき、家の中にいるのに目の前にぽたりと雨粒が落ちてくることが日常茶飯事《さはんじ》だったので、反射的にそう思ったのだ。しかし、「アトリエ・キーチ」におけるそれは、雨漏りではなく、実弥子のこぼした涙の一滴だった。

なんだ、私、泣いてるんだ、まだ。ばかみたい、と自分の心に言ってみたとたん、感情を塞《せ》き止めていたタガが突然はずれ、涙が一度にこぼれ出た。クロッキー帖を抱いたまま、しばらく声も出さずに、実弥子は泣いた。

＊

「あのう……」

女性の声がして、実弥子は振り向いた。水曜日の午後、アトリエの看板を設置しているときだ。立っていたのは、隣家の植原真由子だった。

「桃をたくさんいただいたので、そちらのお教室のみなさんにもいかがかと思いまして」

真由子の抱えている底の浅い段ボールの箱の中に、桃が六つ、並んでいる。

「わあ、ありがとうございます！　おいしそう！」

黄色と桃色の溶け合う、ふっくらとしたその実からは、淡く甘い香りも立ち、充分に熟していることがわかる。

「うちは、母と二人だから、食べきれないんです。このままもらっていただけませんか？　もうね、これ、今が食べごろだから、すぐ食べた方がいいんです。お教室に通われているお子さんたちと、ぜひ召し上がって下さい」

真由子が笑顔ですっと、桃の入った箱を持った両手を伸ばしてきた。

「では、遠慮なく、いただきます」

実弥子も自然に笑顔になって、箱ごと桃を受け取った。

「子どもたちのおやつに、出しますね。みんな、とても喜ぶと思います」

実弥子の言葉に、真由子は満足そうに頷きながら、「子どもたち……」とつぶやいた。実弥子ははっとする。真由子の母親の登美子が、少々嫌みを込めて、「これから、お子さんたちがいらっしゃるとなると、さぞかし賑やかになるんでしょうねえ」と言っていたのを思い出したのだ。あのとき車椅子に乗っていた登美子に、もう何か月も会っていない。

「植原さん、その後、足の具合はいかがですか？　ここに通っている教室の子どもたちの声が、ご迷惑になっていないですか？」

「ああ、あの、そのことなんですけどね」

真由子の目が大きくなりきらりと光った。やはり登美子からのクレームなのか、と思って実弥子は身構えた。

「お子さんたち、もうたくさん集まられたのですか……？」

「たくさん、というほどでもないですが、今、五人ほど通っています」

どきどきしながら、実弥子は答えた。

ルイと、ゆずちゃん、まゆちゃん姉妹の他に、小学四年生の空也《くうや》くんと春信《はるのぶ》くんが、通っていたのである。

「みなさん、お子さん……？」

「そうですね、一年生から五年生まで、みんな小学生です」

「そうですか……」

「あの、やはり、子どもたちの声が、騒がしい、ですか？」

基本的にはみな、しずかに絵を描いているのだが、空也くんと春信くんは、クラスメートということもあって、時にはしゃいで話し声が大きくなることがあった。

「ぜんぜんぜんぜん」

真由子が両てのひらを広げて忙《せわ》しく振った。

「大丈夫、大丈夫なの。私が聞きたかったのはね、大人の人はいないのかなって」

「大人の人？」

「だって、ここに、『子どもも、大人も、どなたでも、絵を描きに来て下さい』って書いてあるでしょ」

　真由子が、さきほど立てたばかりの看板を指さした。

「ええ、もちろん！　今、うっかり子どものことだけお伝えしましたが、私の昔からの知り合いの大人の女性も参加されてますよ。大人と子どもが同じ作業をして、影響し合う場って、なかなかないと思うんです。真由子さんも、ぜひ！」

「あ、その、私、じゃないの」

「え？　お知り合いで興味を持って下さった方がいらっしゃるのですか？」

「えと。知り合いというか、母に、ね」

「お母さまに？」

「ええ、絵を習わせたいというか、お隣だし」

「習わせたい？」

「なんというか、骨折して以来、なかなか外に出なくて。怪我はもう、大分よくなって、車椅子は使わなくても杖で歩けるようになったんですけどね。外に出るの、おっくうがっちゃってて。リハビリも兼ねて、ちょっとでも歩いた方がいいのに。このまま、家に引きこもってしまうんじゃないかって……」

「そうなんですか。それはちょっと、ご心配ですね」

「それで、その、こんな言い方をしたら失礼になるのかもしれないんですけど、さすがにお隣までなら歩いてくれると思うんですよ。そこから、もうちょっといろいろ、外に向かっていけるんじゃないかなあって」

「真由子さん」

太い声がして、実弥子と真由子が振り返ると、登美子が杖をついて仁王立ちのような格好で立っていた。

「お母さん！」

真由子が思わず大きな声で叫んだ。

「そんなところで話してたら、こっちの家までまる聞こえですよ」

登美子が低い声で応えつつ、杖を使ってゆっくり近づいてきた。

「うわあ。それで出てきたんだ」

「あなたね、心配されなくても出てきますよ。こうやって、もう自分の足で歩けます。そんな、幽霊みたいな言い方は、やめてちょうだい」

話をしながら、登美子が実弥子の方にゆっくりと視線を動かしたので、目が合った。実弥子はすかさず会釈《えしゃく》をした。

「植原さん、ずいぶんよくなられたようで、よかったです」

登美子もゆっくりと一礼した。

「それはどうも。私はね、病院でのリハビリは、充分がんばりましたよ」

「そうそう、がんばってました！」

真由子が額から垂れてきた汗をぬぐった。

「あ、桃、ありがとうございます」

実弥子が思い出したように登美子の顔を見て言った。

「いいえ、それはただの余り物ですから。かえって申し訳ないですよ」

「いえいえ、そんな。それに私の絵の教室の子どもたちが、いつもお騒がせしてしまって、すみません」

「あら嫌だ、別に、〝お騒がせ〟なんて感じてませんから、どうぞお気になさらずに」

登美子は淡々と言った。

「あの、外では暑いですし、どうぞ、アトリエの中に入って下さい」

「あ、いえ、そんな」と真由子は遠慮するそぶりを見せたが、登美子は、「そうね、じゃあ遠慮なく」と、杖をつきながらもためらうことなく、実弥子についてアトリエの中に入っていった。真由子は、少し戸惑いつつも、あとに続いた。ついさっきまで、外に一歩出ることも嫌がっていた母親が、やけに積極的なので、真由子はびっくりしていた。

その真由子をすいっと追い越して、先にアトリエに入っていった者がいた。ルイだった。ルイは、「ミャア」と一声猫の鳴き声を発すると、靴をぬいでさっさとアトリエに入っていった。まっすぐに画用紙のあるところに行って、一枚抜き取り、ローテーブルの上に置いた。

一連の動きをじっと見ていた登美子が「あらまあ、セルフサービスなのねえ」と感心したように言った。

「あの子は、アトリエを開いている日は、だいたい来ているんですよ。だから、すっかり慣れていて。あ、どうぞ、お二人は、こちらにお座り下さい」

実弥子は、部屋の隅に、椅子を二脚並べた。

「実作の体験もされるようでしたら、机もお使いいただけますが」

「いえいえ、もう、ぜんぜん、どうぞおかまいなく。今日は、私たち、見ているだけですので」

真由子が言うと、登美子も「そうね。今日は、見学させてもらうわ」と言いながら、先に椅子に座った。真由子は登美子が椅子に座るのを少し手伝ってから、自分もゆっくり腰を下ろした。

真由子は椅子に座って、長くゆっくり息を吐いた。隣に座る登美子の横顔をそっとのぞき見ると、すました顔をして座っている。絵の先生と話をしているところに登美子がいきなり現れたときには、自分の秘《ひそ》かな計画は完全に挫折した、と絶望的な気分になった真由子だったが、その後、登美子が思いの外《ほか》すんなりとアトリエの見学に同意し、進んで中に入っていったので、拍子抜けしてしまった。

車椅子に乗っていた登美子と先生との対面の場を思い返すと、真由子は冷や汗が出る思いがする。正確な言葉までは覚えていないが、登美子が大分感じの悪いことを言っていたのは間違いない。年を取ると角《かど》が取れて性格が丸くなってくる、とよく言われるが、自分の母親はどちらかというと反対になったなあ、と真由子は思う。若いころの方が、大ざっぱで適当で、たいていのことは許してくれるようなおおらかさがあった。真由子が物心ついたころには、目尻に笑い皺がたくさんできていて、とにかくいつもふんわり笑っていたような印象がある。

格別に細やかに世話をしてくれるとか、やさしい言葉をかけてくれるとか、母親らしい愛情に満ちあふれている、というわけではなかったが、よほどのことがなければ感情的になったりしない安心感があったのだ。外でなにがあっても、家に帰れば決して嫌なことは起こらない。笑い皺の似合う母がそこにいる限り……。ということを強く意識したわけでもないが、そういう気楽さはずっと根底にあり、不変の安心感は続くのだと、思うともなく思っていた。その無意識の気楽さが、家にい続けることへの疑問をきれいに消していたのだった。

しかし、あるときから、登美子は目尻の笑い皺よりも、濃いめの眉の間に寄せられた皺の方が目立つようになってきて、気難しげなことを口にするようにもなった。ほのかな甘い香りを立てる桃の、やさしい色でひったりと包まれたその皮に、ある日ふと薄い黒ずみが浮かぶように、不変の安心感に不穏な気配を感じ始めていた。それが年を取るということなのか、となんとなく思っていた矢先に、登美子が骨折したのだった。

長く続く身体の不具合は、人の心まで変えてしまう。真由子は、登美子という母親を通じて、そのことを痛感させられた気がした。

骨折して以来、母親の笑顔を見ていない。そのことに気付いたのは、二階の窓からなにげなく、実弥子の家の方を見下ろしていたときだった。ちょうど実弥子が、玄関の引き戸を開けて中から出てくるのが見えた。実弥子は、立て看板を外に出し、アトリエの前に広げて設置すると、そこにしゃがみ込んでチョークでなにか書き込み始めた。作業を終えると立ち上がって、パンパンと手を叩き、チョークの粉をはたいた。それから、空を見上げた。そのまま誰かに話しかけるように唇が動き、にっこりと微笑んだ。

(わ、あの人、まわりに誰もいないのに、空に向かって微笑んでいる。さすが芸術家ね。なんだか浮世離れしている……)

真由子はとっさにそう思い、あれ、でも、似ている、と次に思ったときには、胸の奥がかすかに、ちくりと痛んだ。母親である登美子の、若いときに似ている、と気付いたのだ。かつての母は、あんなふうになんの脈絡《みゃくらく》もなく浮世離れした笑みを浮かべていた。ちくりとした一瞬の胸の痛みは、やがて鈍痛となって胸に広がった。登美子の、あのころの笑顔が、あまりにも遠い。

真由子は、だんだんいたたまれなくなり、ふらふらと階下に下り、履き物をつっかけて、外に出た。その足先は、導かれるように隣家のアトリエへとゆっくりと進んだ。鈍痛が、淡いあこがれのような気持ちに変化し、気付けば胸がかすかに浮き立つような心地を抱いたまま、「アトリエ・キーチ」の前に立っていた。

実弥子は看板を設置し終えて、すでにアトリエの中に戻っていた。真由子は、アトリエの引き戸にはめ込まれている透明なガラス部分から、そっと中をのぞいた。教材を整える実弥子の背中が見えた。ふと身体が動き、横顔が見えた。実弥子は少し上の方を見上げたときのように、ふたたびなにかを話すように唇が動いた。部屋の中には、彼女以外誰もいないのを真由子は確かめつつ、やはりかつての母親に似ている、と思うのだった。好奇心が頭の中の大半を支配してくると、引き戸に張り付いて中をのぞくという不審な行動を今自分がしているということをすっかり忘れてしまった。

と、目の前のガラスがすーっと横移動した。真由子が驚いて、とっさに数歩あとずさると、ミャア、と猫の鳴き声が聞こえた。鳴き声がする方を真由子が反射的に見ると、そこにいたのは小学生くらいの少年だった。

「ルイくん、いらっしゃーい」

奥から実弥子の明るい声がこぼれ、少年はさっとアトリエの中に入った。

（あの子、私の方を、ぜんぜん見なかった。目に入っていなかったみたい）

真由子は自分が幽霊にでもなったような気がしてこころもとなくなり、アトリエの引き戸から身体を離した。足下に、実弥子がさきほどなにかを書き込んでいた立て看板があった。真由子は、しゃがみ込んでそれをじっくりと見た。

「毎週水曜日は午後三時から、日曜日は午後二時からアトリエを開放します。子どもも、大人も、どなたでも、絵を描きに来て下さい」

チョークで書いてある文字を、真由子は小さく声に出して読み上げた。下の方に猫の顔が描かれていて、横から吹き出しのようなものが出ている。吹き出しの中にも文字がある。

「ミャア。暑くなりましたねえ」

これも読み上げた。チョークの線が、他の部分に比べて鮮明なので、さっき実弥子がしゃがんで書いていたのがこれなのだろうと真由子は推察しつつ、看板の文字を頭からもう一度とくと読んだ。

「子どもだけじゃないんだね、大人でもいいんだね」

見たものを自分の心で確認するように、真由子はつぶやいた。

「大人」、あの人も「大人」だ、おばあさんは「大人」の範疇《はんちゅう》だ、と、退院後、眉間に皺を寄せて家の中に引きこもりがちになってしまった登美子の顔を思い浮かべた。

（せめてここまで、歩いていってくれたら！　この、お隣の家まで……！）

真由子の胸に、切なる願いが生まれた。

真由子は、実家である今の家を一度も出ることなく、十年ほど前に父親が病気で亡くなってからは、登美子と二人で暮らしている。以前は会社勤めをしていたが、現在は、在宅で校正などの仕事を請け負って、なんとか生活をしている。たいていは担当者とメールや電話で連絡を取り合うのだが、時には直接会って話さなくてはならない事柄もあり、外に出ていく必要がある。母親の退院後は、なかなかその時間を作ることができず、焦りを感じ始めていたのだ。

そんな真由子の胸のうちをわかっているのかどうか、登美子は授業参観に来ている保護者のように、すまして椅子に座って教室の様子を眺めていた。

いつものように一番にやってきたルイは、画用紙の上に鉛筆で細かいタッチの絵を描き始めていた。「アトリエ・キーチ」では、その日の参加者が揃うまでの時間は、自由に制作をしていいことになっている。真っ白だった画用紙に、黒い網目《あみめ》のような線を次第に広げていくルイの手元を、登美子は興味深く見つめていた。その登美子の視線を追っている真由子の耳に、

「まゆちゃーん、待ってー」という声が背後から聞こえて、反射的に振り返った。小学生の姉妹が、アトリエの玄関にいた。年長の女の子がぬいだ靴を片手にぶら下げて、あとから息を切らしながらやってくる年少の女の子の方を見ている。

「まゆちゃん、はやいよー」

「ゆずちゃんがおそいんだよー」

まゆちゃんと呼ばれた年長の子は、自分の靴を靴置き場に入れると、ゆずちゃんと呼ばれた

年少の子のぬいだ靴をさっと拾い上げて、自分の靴の隣に差し込んだ。ゆずちゃんがまゆちゃんの手を握った。

「ゆずのあまえんぼう」

まゆちゃんが笑いながら振り返ったとき、真由子と目が合った。あ、この子が「まゆちゃん」か、と、同じ響きの名を持つ少女の顔を興味深く眺めた。まゆちゃんの方は、知らないおばさんにまじまじと見られていることに気付き、少し戸惑っているような表情に変わった。真由子は、そのことをとっさに理解して、あわてて笑顔を作った。

「こんにちは。今日はね、私のお母さんと二人で、お教室を見学させてもらってるの。大人の人も参加できるお教室なんでしょう?」

登美子の方を手で示しながら、真由子はやさしく伝えた。まゆちゃんは、わかりました、とばかりこくんと頷き、笑みを浮かべて「こんにちは」と挨拶をした。ゆずちゃんもまねをして「こんにちは」と続いて言った。

「こんにちは。まあ、礼儀正しいのねえ」

登美子は、感心したように言うと、ゆずちゃんとまゆちゃんの二人が挨拶を終えて背中を向けたあとも、その様子を目で追っていた。真由子は、登美子の顔に久しぶりの笑みが浮かび、目に光が宿るのを見た。

「いいわねえ、若いって……」

登美子がぼそっとつぶやいた。

若いって、それを言うには早すぎる子どもでしょうが、と真由子は心の中でつっこみを入れつつ、その目がみるみる淋しげに変わっていくのも見てとった。

「いいわねえ、あのくらいのころは。かわいいわよねえ、希望に満ちているわ」

登美子は、「あのくらいのころ」と言いながら、真由子が幼かったころのことを思い出しているのだ。真由子は「こんなおばさんになってしまって、すみませんねえ」と思う。

「セミ？　ぼうや、それ、セミの羽根ね？」

登美子が突然大きな声を出した。椅子から立ち上がり、ルイのいる方にふらふらと近寄っていく。登美子がそばに立って、自分に話しかけたのだとやっと気付いたルイが、顔を上げた。

「あ、ほんとだ、セミの羽根だ、これ」

ルイの近くにいたまゆちゃんも絵を見て言った。真由子も登美子の後ろから絵をのぞき込んだ。絵の右下の方ではランダムな網目状に描かれていた線が、空間に広がりながら次第に形をとり始め、波がしぶきを放つように羽根が飛び散っている。その羽根が、すべてセミの羽根の形なのである。

「ぼうや、すごいわね、細かいわねえ、今、なんにも見ずに描いていたわよねえ」

登美子が感心したようにルイに話しかけたが、ルイは特に表情を変えることなく頷き、「クマゼミ」と、ひとこと投げ出すように言った。

「クマゼミの、羽根。すきとおってる」

ルイと登美子たちとのやりとりを見守っていた実弥子が言葉を挟んだ。

「ああ、そうよね。セミの中でもクマゼミの羽根は、薄緑色に透きとおっていて、きれいよね。あの羽根の感じがよく出てるし、それが網の中から生まれて飛び散るっていう、絵の中に流れがあるのが、とてもいいね」

「羽根だけ、とびはねてる」

まゆちゃんの後ろからルイの絵をのぞいていたゆずちゃんが高い声で言った。

「上手ねえ。でも、セミの、羽根だけ描くなんて、不思議ですね」

真由子も会話に加わったが、一瞬しんとしずかになった。

ルイはふたたび鉛筆を動かし始め、「網が、羽根になった」と、ぼそりと言った。

「ルイくんは、描いているうちに、アイディアが浮かんだんだね」

実弥子が声をかけると、鉛筆の手を休めることなくルイがこくりと頷いた。その瞬間、アトリエの戸が開き、わあわあ話をしながら、小学生の男子二人が、入ってきた。小学四年生のクラスメートコンビ、空也くんと春信くんである。ルイのまわりに人が集まっているのに気付いて、二人もそばにやってきた。

「おお、なんだこれ、セミの羽根？」

「すげえ、ちょっと気持ち悪いけど。オレ、あんま、虫とか」

「怖いのかよ」

「悪いのかよ」

二人はつつき合いながらそのまま画用紙を取りに奥に入っていった。

「さて、今日みなさんにやってもらおうと思っていることをお話しします」

ゆずちゃんとまゆちゃん、空也くんと春信くん、そしてルイがローテーブルを囲んでいた。登美子と真由子も、椅子を近くに寄せて一緒に実弥子の話を聞いている。結局、二人とも体験で参加することにしたのである。

「こちらのお二人は、今日は体験で参加される、植原さん親子です。植原、えっと……」

「真由子です。よろしくお願いします。こちらは母の」

「登美子です。お隣から来ました」

「お近くから、ありがとうございます」

漫才トリオみたいに息の合った会話になり、子どもたちがくすくす笑う中、まゆちゃんが
「まゆこさん?」とつぶやいて反応した。

「ああそうなの、私も〝まゆちゃん〟なのよ」

「おんなじなんだ」

「まゆちゃんは、どんな字を書くの?」真由子が訊いた。

「私は、蚕《かいこ》がつくる〝繭《まゆ》〟です」

「あら、かわいいわね。私はね……」

そう答えかけた真由子にかぶせるように、登美子が「真実の真に、理由の由をくっつけて、
真由子っていう名前にしました。理由のある真実をつかんでほしくてね」と言った。

「お母さん、私の名前にそんな由来があったなんて、初めて聞いたんだけど」

「本人は知らなくてもいいでしょ」

「本人こそ知りたいわよ」

「はいはい、脱線しているようですので、本題に戻ります」

実弥子に指摘され、二人は肩をすくめて「すみません」と同時に小さな声で謝った。

「さて、まずは、さっき、ルイくんが描いていた絵を見てみましょう。ルイくん、その絵、ちょっと貸してくれる？」

突然話が自分に振られて、一瞬きょとんと目を丸くしたルイだったが、すぐに絵を実弥子に手渡した。実弥子はそれを受け取ると、胸の前でみんなに見えるように広げた。

「はい、この絵をよく見て下さい。ここに、網みたいなものを描いているうちに、セミの羽根の形になっていった、と、さっきルイくんは言ってたよね」

実弥子がルイに目を合わせると、ルイが軽く目を閉じて同意した。

「その結果、網のような海から、たくさんの羽根が飛び散っている、不思議な絵になりました。おもしろいよね。今日は、こんなふうに、みんなに、形から形へ、想像を広げて絵を描いてもらおうと思っています」

「え、じゃあ、今日は、このルイの絵みたいに、鉛筆だけで絵を描くの？」

春信くんが、ちょっと不満そうに言った。

「いいえ、違います。いろんな好きな色は使ってもらいます。でも今日使う色は、絵の具だけじゃないんです。まずは、これを切ります」

実弥子が、赤い色の折り紙を一枚取り出し、ハサミを片手に持った。

「こんなふうに、ちょきちょきと適当に、切り取っていきます。好きなように、気が向くままに、自由に、ね」

ローテーブルの上に、実弥子が切り刻んだ赤い紙が、ぱらぱらと散った。

「これが、今日の発想の〝タネ〟になります」

赤い紙の、細長くて少し曲がっているかけらを、実弥子は一枚手に取り、白い画用紙の上に置いた。

「これ、なにに見えますか？」

実弥子が問いかけると、「リボン」とゆずちゃんが明るい声で答えた。次に、まゆちゃんが「くちひげ」と言ったあと、空也くんの「へび」という声と春信くんの「かもめ」という声が重なった。

「うん、みんないいね。ルイくんは、どう？」

黙ったままだったルイは、実弥子に促され、身を乗り出して赤い紙をじっと見つめた。

「屋根」

「なるほど、そんなふうにも見えるね。真由子さん、登美子さんは、いかがですか？」

「なにに見えるか……」

真由子が首をかしげて考え込んでいると、「そうねえ……金魚かしらね」と登美子が先に答えた。答えていないのが自分だけになって、視線が集中したような心地になり、真由子は汗が出てきた。

「えっと、ええっとですね……母と似てますけど、イルカ、です」

「真由子さん、発想が一緒じゃないの」

「イルカは哺乳類《ほにゅうるい》ですから」

「そういう問題？」

子どもたちは、二人のやりとりがなんだかおかしくて、またくすくす笑った。

「はい、みなさん、この、なんでもない赤い紙の切れ端から、それぞれ違うものを見つけてくれましたね。偶然できた形の中から、自分のイメージを一つ引き出すこと。まずはそれが大事。それから、そのイメージをさらに広げていきます。たとえば、ゆずちゃんが答えてくれた〝リボン〟。どんなリボンなのかな、誰がなんのために使っているリボンなのかなっていうことをさらに想像します。小さな女の子のリボンかもしれないし、誰かへのプレゼントのためにつけたリボンかもしれないよね。お姫さまのリボンかもしれないし、小犬がつけているものかもしれない」

実弥子がゆずちゃんと目を合わせると、ゆずちゃんがにっこり笑ったので、生えかけの歯がちらりと見えた。

「まゆちゃんの〝くちひげ〟も、楽しいよね。どんな人なのかなあ、昔の男の人なのかなあ、どんな街を歩いているのかなって、想像が膨らんでくる」

まゆちゃんは、心の中で景色を広げているのか、目を閉じてゆっくり頷いた。

「空也くんの〝へび〟は、どんなへび？　これは折り紙だから赤い色しかついていないけど、細かい、美しい模様があるかもしれない。春信くんの〝かもめ〟は、広い海と空が浮かんでくるね。そこから、なにが見える？　ルイくんの赤い〝屋根〟の家には、誰が住んでいるの？隣は、どんなおうち？　登美子さんの〝金魚〟は、誰のおうちにいるのかな？　真由子さんの〝イルカ〟はどこに向かって泳いでいるの？」

実弥子は立て続けに話すと、画用紙の上の赤い切れ端を持ち上げた。

「こんな一切れの紙からたくさんのことが想像できますね。ではまず、この折り紙の中から好きな色の紙を選んで抜き出して下さい。その折り紙を、ハサミでちょきちょき切り取っていきます。ハサミはできるだけ無意識に動かしてみてね。折り紙は何色でも、何枚でも使っていいです」

ローテーブルの上に、実弥子が折り紙とハサミを置くと、めいめいが手に取り、作業を始めた。真由子と登美子は、並んでテーブルについた。

「気になる形が見つかったら、他の形と組み合わせて考えてもいいですよ。偶然生まれた形のおもしろさを生かして下さいね。ここに糊《のり》も置いておくので、構図が決まったら、貼り付けていって下さい」

「今日はぜんぶ、折り紙で絵を描くってことですか？」

春信くんが手を挙げて質問した。

「そうしてもいいし、色鉛筆や絵の具で描き足しても、他に好きな道具を使ってもいいですよ。自分の想像したイメージを、みんなに伝えようと思う気持ちが大事です」

質問に答える実弥子の言葉を、登美子が熱心に聞いている。それを、真由子は横目で見ていた。

「小学校のとき以来だわね、こんなの」

ハサミを使いながら登美子がつぶやく声を聞きながら、真由子も一緒に子どもに戻ったような、いや、子どもとか大人とかの境目《さかいめ》なんてこの世に最初からなかったような感覚になっていったのだった。

皆が創作に没頭し始めたころ、実弥子はアトリエの隅の流し台に立ち、さきほど真由子にもらった桃を洗った。種に当たるまでぐるりと一周切れ目を入れ、両手で包んで軽く力を入れて半分に割ってから、等分に切り分けた。よく熟《う》れた桃の甘い香りがふんわりと広がった。

「真由子さんにいただいた桃、ここに置いておくので、ちょっと休みたくなった人は、こっちに来て食べてね」

実弥子は、おやつコーナーに切り分けた桃を置いた。「わーい」と言いながら、真っ先にやってきたのは、空也くんだった。桃に刺しておいた爪楊枝《つまようじ》を手に取ってパクリと食べた。空也くんが桃を頬ばったまま「うめー」とひとこと言うと、「あ、オレもー」と言いながら、春信くんもやってきた。

続いて、ゆずちゃん、まゆちゃんと子どもたちが続く中、ルイはテーブルから離れなかった。一心に画用紙に紙を貼り付けている。紫色の折り紙が、大小様々な大きさ、形に切り取られて貼り付けられ、うねりながら一点に向かっている。

「ルイくん、この紫色のものは、なに？」

実弥子はしずかに訊いた。

「コウモリ」

「コウモリ？」

「そう、地球の洞窟《どうくつ》からぬけて、宇宙の洞窟へむかってるんだよ」

「そっか。それは長い旅になりそうだね。今はコウモリだけが飛んでいる状態だけど、そういうことなら、地球の洞窟と宇宙の洞窟を描き足すといいね」

「うん」

「でも、ずっと細かい作業してるから、ちょっと休憩したら？　みんな、桃、食べてるよ」

ルイは、はっとしたように顔を上げた。おやつコーナーにいる子どもたちを見て、ぱっと立ち上がった。そのとき、登美子がふうっと溜め息をついたので「お疲れでしょう」と実弥子が声をかけた。

「ああもう、ぜんぜん進んでないの。年だから、集中力が続かないのよねえ」

「年齢に関係なく、人間の集中力って、そんなに続かないですよ」

「先生も、そうなんですか？」

「もちろん。自分がそうだから、お茶やお菓子を用意しているんですよ。お二人とも、きりのいいところで休憩を入れて下さいね。そっちの、桃を食べた組は、そろそろ作業に戻って下さいよ」

おやつコーナーでくつろいでいた子どもたちは、口々に「はーい」と返事をして、それぞれの絵の前に戻った。

まゆちゃんは、さっきの切れ端を「くちひげ」と連想してから、「いろんな形がひげにしか見えなくなっちゃった」ということで、いろんなひげを基本に、色鉛筆で顔の輪郭と目鼻を描き入れた。それから、折り紙で偶然できた形を使って、髪の毛や胴体や手足も貼り付けた。みんな踊っているようになったので、ひげの人だらけの盆踊り大会のような構図になっていった。

「楽しいねえ。動きのある絵になってる」

まゆちゃんの絵を褒《ほ》めると、ゆずちゃんがすかさず、自分の絵を見せに来た。

「いろんな、おつきさま」

黄色の折り紙で作られた、少し端っこが欠けた月が、真ん中で存在感を放っている。少し欠けた部分を口に見立てて、つぶらな目が描き添えられていて、コミカルな味わいを出している。三日月や半月らしき形に切り取られた黄色の折り紙が、そのまわりをぐるりと取り囲んでいる。

まだ糊づけはされていない。

「ぜんぶおつきさまだけど、どこにはればいいか、わかんない」

「そっか、構図をちゃんと考えるのは、とてもいいことだよ。このお月さまたちは、今、なにをしているのかな？」

「うーんとねえ、おしゃべり」

「楽しそうだねえ」

「うん。ここは、よるのお空のがくやなんだよ」

「あら、それはおもしろそうね。楽屋《がくや》って言葉、よく知ってたね」

実弥子が言うと、「こないだ、お母さんの知り合いの舞台を観にいったから」と、まゆちゃんが横から補足するように言った。その芝居が終わったあと、みんなで楽屋を訪ねたのだそうだ。楽屋には、さっきまで舞台の森の中で芝居をしていた人たちが普通に座ったりしゃべったりしていて、ゆずちゃんがとてもびっくりしたのだそうだ。

いつも見ている月も、夜の空に一人だけで出てくるけれど、他の形の月は、楽屋で出番を待っている、そんなストーリーが、絵に込められていた。

「わあ、いいねえ、とってもわくわくしてくるね。今見えているお月さまは一人だけど、楽屋には何人も月のお友達がいるんだね」

実弥子は、ゆずちゃんの発想に共感して、ほんとうに胸がわくわくする思いがしてきた。

「じゃあ、他の形のお月さまは、こんなふうにきれいに丸く並べるんじゃなくて、楽屋でリラックスしてる感じで、輪になったり、向かい合っていたり、一人でいたりって、一つ一つのお月さまの様子や気持ちを考えながら置くといいと思う」

ゆずちゃんは、実弥子の言葉に、「うん、そうする！」と元気よく頷いた。

「あら、登美子さん、これはなんですか？」

登美子の画用紙には、いろいろな色の紙から切り取られたランダムな形の切れ端が、縦に並べられていた。

「そのう……」

登美子は実弥子に話しかけられても顔を上げずに、はずかしそうにうつむいたままだった。

「これはですね、金魚の塔なんです」

「金魚のとう？　あ、タワーの、塔ですね？」

「そうそう、その、タワー」

「お母さん、それ、金魚が、積み重なってるの!?　斬新だねえ」

「斬新かしら。金魚が、『ブレーメンの音楽隊』をやっているのよ」

登美子は、画用紙に貼り付けた色とりどりの折り紙を、てのひらでぎゅっと押し付けた。

「じゃあ、金魚さんたちは、音楽を奏《かな》でるのですね」実弥子が訊いた。

「音楽？　あら、それは考えていなかったわ。でも、いいわね、それ。どんな楽器がいいかしら。楽器もこの紙切れで足すとよさそうね」

登美子は、切り分けた折り紙を一つ一つ、指でつまみ上げた。

「お母さん、金魚ってことは、水中じゃないの？」

「そう、そうよ……」

「水中で楽器を奏でるのもすてきですね。水中の生き物じゃないとできないですもんね」

実弥子は、「すてきです」と言いながら、登美子の肩に両手でふれた。登美子はその瞬間、実弥子のてのひらから豊かなエネルギーを注《そそ》いでもらったような気がして、背筋がすっと伸びた。

「さて、真由子さんのそれは、なんですか？」

真由子は、実弥子に話しかけられて、顔が急に熱くなった。

「いや、その、これは、なんというか……」

真由子の目の前の画用紙には、正方形や長方形、三角、楕円など図形のような形に切り取られた紙片が寄り集まっていた。水色や青、グレーの折り紙をハサミで切り取ってできたそれらの中に、ところどころ赤い色が混ざっている。紙片が、つかず離れずの距離を保ちながら形成された四角いかたまりがあり、そこからこぼれ落ちるように、正方形と三角形を連《つら》ねたものが棒状に伸びている。

「ロボットなんです」

真由子はそう言うと、頬骨をほんの少し高くして、照れたような表情を浮かべ、ゆっくりと頷いた。実弥子は、目を見開いた。

「じゃあ、この大きなかたまりがロボットの胴体で、ここから伸びているのが、その腕、ということなんですね？」

「あ、はい、そう、そうなんです。こういうのがロボットの部品みたいに見えてきて」

「なるほどね。寒色系が中心の色の中に、ときどき赤が入って差し色になっているのが、とてもきれいです」

「はい、そうなんです！　そこのところは、なんというか、自分でもちょっと工夫したんです。先生にそう言ってもらえて、うれしいです。折り紙、いろんな色があってどれを使うか迷ったんですけど、こういうのって、洋服を選ぶときとおんなじだなって思って。色って、やたらといろいろな色を使いすぎない方が落ち着くっていうか」

真由子は、実弥子に褒められて、すっかりいい気分になって、どんどん早口になっていった。

「そうですね、その通りだと思います。その方が品があるというか、おしゃれな感じになりますよね」

実弥子が少し笑って答えた。

「赤いのは、ロボットのボタンというわけでもないのかい？」

登美子が横から絵をのぞいている。

「お母さん、そういうふうに理屈っぽくしない方がいいの。これは、〝絵〟なんだから。アートだから、固定観念にとらわれた描写でないことが肝心です」

真由子が答えると、実弥子が「そうなんです」と続けた。

「典型的なイメージに従う必要はないんです。むしろその固定化されたイメージを刷新《さっしん》するつもりで描くといいです」

実弥子がにっこりと笑った。真由子は、自分が言ったことを応援されたような心地がして、登美子に少し得意そうな笑顔を向けた。

「登美子さんの絵も、金魚が連なって楽器を奏でるなんて、『ブレーメンの音楽隊』の世界を見事に、独特の新しい世界に変えていますよね」

実弥子に話を振られて、登美子が黄緑色の色鉛筆で水草《みずくさ》を描いていた手を止めた。

「先生、ありがとうございます。この年で自分に〝新しい〟って言われることがあるなんて、思わなかったわあ、私もまだまだ捨てたもんじゃないってことだわあ、あはは」

登美子が声を上げて笑ったので、真由子もつられて笑った。笑ってるよ自分たち、と思いながら、笑った。

＊

雨の落ちる音は、建物によってずいぶん変わる。この古い家は、雨と近しい。降り始めの遠慮がちな雨さえ、屋根や窓ガラスが気付かせてくれる。外界と薄い被膜《ひまく》を隔《へだ》てているだけのようだと感じる。その日実弥子は、早朝から机に向かい、俊子に依頼された挿画《そうが》を仕上げながら、屋根を打つ雨の音を心地よく感じていた。

お昼前に俊子が絵を取りに来ることになっている。絵をアトリエでチェックしたあとは、近所でランチを食べようという約束もしている。

俊子は絵を入れるための大きなバッグを抱えてアトリエ・キーチに向かっていた。片手に握っている黒い傘は、俊子が持っている中で一番大きな傘なのである。武骨《ぶこつ》なデザインで重いが、絵を守るためのお守りのようなものだと思って、しかと持ち手を握っている。いつもの路地を抜け、水に濡れた階段を慎重に下りていった。

「あれ？」

アトリエ・キーチの前に誰かがしゃがんでいる、と俊子が気付いたとき、その人影は立ち上がった。傘もささずに全身に雨を受け続けていたのか、すでにずぶ濡れで、べっとりと濡れた髪が顔を半分隠している。

子どもだった。それも、よく知っている。

「え、ルイくん!?」

俊子が大きな声を出すと、ルイは、動物が自分の身体についた水を払うときのようにぶるぶると首を激しく振った。俊子の声に気がついた実弥子も戸を開けて顔を出した。

「俊子さん？」

ルイは一瞬実弥子の方を振り向いて、濡れた髪の間から実弥子の顔をじっと見た。

「ルイくん！　どうしたの？」

実弥子が話しかけたとたん、ルイはさっと身体を翻し、背中を向けて走り出した。

「あ、待って」

俊子がとっさに傘を持って追いかけようとして、つるりと滑った。

「あぶない」

思わず実弥子が俊子にかけよって支えている間に、ルイは雨の中をどんどん走っていった。

「ルイくん、待って」

体勢を整えた俊子を残して、実弥子は雨の中、傘もささずにルイの背中を追いかけて走った。途中で姿を見失ったが、いつも使っている階段を見上げると、上の方に小さな背中を見つけた。雨のそぼ降る中、一段一段、階段を確認するかのようにゆっくり上っている。実弥子は小走りでかけ上がって追いつき、その手を握った。ルイは動きを止めたが、振り向こうとはしなかった。しばらくそのまま沈黙が続いたあと、実弥子がしずかな声で語りかけた。

「風邪、引いちゃうよ、身体、拭《ふ》かなきゃ」

ルイは、ゆっくりと振り返った。雨水のしたたる髪の間から、茶色の瞳が実弥子に向けられた。そのまぶたがゆっくりと下がり、こくりとうつむいた。実弥子はルイのずぶ濡れの肩を、胸に引き寄せた。目を閉じて、雨が直接身体にあたる感覚をしばらく感じていた。

「帰ろう」

ひとこと声をかけてから、身体を離し、二人でゆっくりと階段を下りていった。


アトリエには、俊子が待機していた。

「ずぶ濡れっぽかったから、着替えがいるでしょ。そこのスーパーで適当なの買ってきたよ」

実弥子に白い袋を差し出した。

「わあ、ありがとう、さすが俊子さん！　気が利《き》く、というか、ほんとうに申し訳ない。代金を……」

「いいのいいの、そんなのあとで。それより二人とも早くその濡れねずみの服をぬいで。風邪引いちゃう前に！　えーっと、お風呂どこ？」

「あ、この奥なんだけど……」

実弥子はルイと一緒に熱いシャワーを浴びた。ルイの髪をほぐしながら洗い流し、そのやせた白い身体に熱い湯を丁寧に当ててた。なぜ、雨の中にいたのか、なぜ逃げ出したのか、実弥子はなにも訊かなかった。ルイも、ただただ黙って、実弥子に身を任せていた。

シャワーを浴びたルイは、俊子がバスタオルで受け止めて身体を拭いた。実弥子はその間に自分の身体を拭いて、衣服を手早く身に着けていった。

ルイは、俊子にドライヤーで髪を乾かしてもらいながら、まぶたが今にも閉じそうになっていた。

「ルイくん、眠いのかなー？」

俊子は、ドライヤーの音に負けないように、大きな声を出しながらルイに話しかけたが、すでに半分夢の中に行ってしまっている様子のルイは、ゆらゆらするばかりで返事をしない。

実弥子が身支度を整えたときには、ルイはアトリエの座布団の上で、しずかな寝息を立てていた。俊子がかけた乾いたバスタオルから白い指先がのぞいている。いつも熱心に絵を描いている指。こんなに小さかったんだな、と実弥子はしみじみと思った。

「じゃあ、私は会社に戻るね。ランチはまた今度。ルイくんのこと、なにかあったら手伝うから、電話して」

俊子は、実弥子から受け取った絵を入れた大きなバッグを肩から提げて立ち上がった。

「うん、わかった。ありがとう」

雨の中、黒い傘をさしてアトリエを出ていく俊子を、実弥子は見送った。

アトリエが、しんとしずまりかえった。ルイはまだ眠っている。そのそばにそっと座って、額にてのひらを当てた。あたたかい。しかし、発熱しているというほどではなさそうだ。

「よかった……」

実弥子はそっと立ち上がると、ルイの家に電話をかけた。何度かけ直しても、誰も出ない。しとしとと降る雨は、止みそうになかった。と、戸を叩く音が聞こえた。「林田と申します」という声が聞こえ、実弥子は玄関の戸を開いた。そこにはルイの母親の英里子が、赤い傘をさして、立っていた。

「ルイが、こちらにお邪魔していないでしょうか」

「あの、そうなんです、こちらにいます」

「やっぱり……。お教室の日でもないのに、ほんとうに、すみません」

傘を水平に保《たも》ったまま、英里子は深々とお辞儀をした。傘からはみ出した肩に雨が当たっている。

「いえ、ルイくんは、絵を描きに来たというより、外で見かけたんです。傘もささずに立っていて、すっかり雨に濡れていたので、風邪でも引いちゃいけないと思って、シャワーを浴びさせて、着替えを……」

「着替え……？」

「あ、そうなんです、私じゃなくて、ちょうど一緒にいた編集者の方が買ってきて下さって」

「わざわざ買って下さったんですか⁉　すみません！」

英里子が大きな声を出したので、実弥子はそれを制止するように手を差し出して、声を少し落として続けた。

「いいえ、お礼は、その編集者の方に。今、ルイくんは、気持ちよさそうに眠っています」

「眠ってる……？」

「ええ、服を着たとたんに、すやすやと眠ってしまいました。お母さん、どうぞ、中に上がって下さい」

英里子は、実弥子に促されるまま、アトリエの中に入ってきた。眠っているルイをみとめると、力が抜けたようにその横にぺたりと座り込んだ。

「この子、今日、学校に行ってなかったんです。さっき学校から連絡があって。それで、もしかしたら、ここに来ているんじゃないかって……」

「それは、ご心配でしたね」

実弥子の言葉に、英里子はこくりと頷いた。

「ほんとうに、お世話をおかけしました」

お辞儀をしたあと、はっとしたように顔を上げた。

「学校に、ルイが見つかったとお知らせしてきます」

英里子が部屋を出てすぐに、ルイが目を覚ました。むっくりと上半身を起こして、うつろな表情のまま、ゆっくりとまばたきをした。

「ルイくん、起きた？」

実弥子は、笑顔で話しかけた。

ルイは、ぼんやりした表情のまま立ち上がった。そのとき、戻ってきた英里子が走って近寄り、ルイの肩を両手でつかんだ。

「ルイ！　なんでなの⁉　なんで学校へ行かないの⁉　なんでこんなところにいるの⁉　学校の先生も、お母さんも、みんな心配したんだよ⁉　どうしてここにいるの！　どうしていつもそうなの⁉」

叫ぶように言いながら、ぶんぶんとルイの肩を激しくゆすった。ルイは、ゆすられるまま、抵抗しようとしない。

「お母さん、あの、落ち着いて下さい。ルイくん、今、目が覚めたばっかりですから！」

実弥子がその肩に手をかけると、英里子ははっとしたように動きを止めた。

「……ごめんなさい……」

英里子が手を離すと、ルイはさっと走り出し、画材の棚へ移動すると、画用紙を取り出そうとした。その手を、実弥子が止めた。

「今日は、だめよ、ルイくん」

「そうよ、ルイ、今日はお教室の日じゃないのは、わかってるでしょう」

ルイは、伸ばしていた手を、素直に下げた。英里子はルイの目の前に座り込み、その目をのぞき込むように見た。

「ルイが、絵を描くのがとても好きだってことはわかってる。だけど、今は学校にいなくちゃいけない時間でしょう。そのことは、わかるわよね」

ルイは、うつむいたまま黙っている。

「ほんとうにごめんなさい。ご迷惑をおかけしてしまって」

「いえ……」

「えっと、これで足りますか？」

英里子が財布から一万円札を取り出した。

「あ、とんでもないです。そんなに必要ないです、というか、買ったのは私ではないので、金額は正確にはわからないですけど、近くのスーパーで買ったって言ってましたし、そんなにはしなかったと思います」

「知らない方に、すっかりご迷惑をおかけしてしまって」

英里子が言い終わらないうちに、ルイが声を上げた。

「知らない人じゃないよ、としこさんだよ！」

「え？」

実弥子は、ドキリとした。ルイが俊子のことをちゃんと認識していて、その名前を呼んだ。

ふっと胸が浮き上がるような気持ちになった。

「そうなんです、俊子さんは、私の担当編集の方なんですけど、一緒に教室で絵を描いているんです」

英里子がまばたきをした。

「そうだったんですか」

「あの、最初に階段でお会いしたときにいた人です」

「あ、ああ、あのときの……」

「そうです。あのとき一緒にいた人が、俊子さんなんです」

「では、これを、俊子さんに」

改めて英里子が実弥子に手渡そうとするお金を、実弥子はふたたびやわらかく押し戻した。

「俊子さんもきっとそれ、受け取りませんよ。正確な金額は、今度聞いておきますので、また、見学ついでに教室にいらして下さい」

実弥子のきっぱりとした言い方が響いたのか、英里子はお札を財布にしまった。

「その……お教室のことなんですけど」

「はい」

「また伺うかどうか……、考えたいと思っています」

英里子は、実弥子から視線をそらして言った。

「考える、というのは……。教室をやめるかもしれないってことですか？」

「はい」

答えたあと、しばらくうつむいていたが、英里子はふと顔を上げた。

「絵を描くことばかり好きになっても、しかたないですから」

「え」

「ルイは、もっと現実と向き合わなくちゃいけないいんじゃないかと思うんです」

「現実と、向き合う……？」

「絵のお教室が、あまりにも楽しすぎたんですよ。学校へ行くよりも、ずっと楽しくなっちゃったから、今日もこっちに来ちゃったんだと、思うんです」

英里子が実弥子の目をまっすぐに見た。英里子の顔に、悲しみが滲む。今日、急に浮かんだわけではなく、ずっとその胸の中にこもっていた悲しみが滲んでいる、と実弥子は思った。

ルイの方を見ると、画材を収めた棚にもたれていた。所在なげなゆれるその視線と目が合った。

「ルイくん……」

ルイに話しかけようとした実弥子を遮るように英里子が間に入り、ルイの手を取り、ぐいと引っぱった。とたんに、ルイが一瞬かくん、と力が抜けたようになって急に体重が英里子の腕にかかったので、英里子もバランスを崩した。実弥子があわててかけよろうとしたが、二人はすぐに体勢を立て直し、そのまま実弥子の目の前を横切って、アトリエの入り口の方へと歩いていった。

「あの」

実弥子が大きな声で呼びかけると、英里子とルイが同時に振り返った。振り返ったときの二人の顔は、表情までもがよく似ているのだと初めて気がついて、実弥子は妙に切なくなった。

「ルイくんが家に持って帰った作品は、ご覧になっていますよね？」

「はい、見ています」

英里子が、冷静な声で答えた。

「我が子ながら、どの絵も……どの絵も、とても、とっても……すてきな絵だったと思います。ルイが、ほんとうに楽しんできたんだなって、わかりました。今まで知らなかったルイを、見たような気が、していました」

英里子の瞳が、ゆれている。

「先生には、ほんとに、感謝しているんです」

「ありがとうございます。では……」

「じゃあどうしてって、思いますよね。私だって、ルイがこんなに好きでやっていることは、応援したかったです、ずっと。でも……」

英里子は流れてきた涙を、左手でぬぐった。

「今日だけじゃないんです」

「え？」

「ルイが、学校へ行かなかったのは、今日だけじゃあないんです。何度も、学校を休んでるんです。ここに、このお教室に通うようになってから」

実弥子は、思ってもいなかったことを聞かされて、言葉につまってしまった。

「もちろん、全部お教室のせいだなんて、思ってはいないです。でも、少し、考えたいだけなんです。ごめんなさい」

英里子が、深々と頭を下げた。ルイは立ったまま実弥子の方をじっと見て、表情を変えなかった。

買っていただいた服の代金は必ずお返ししますから、とだけ言い残し、英里子はルイの手を引っぱって雨の中を帰っていった。英里子のさした赤い傘の中に入り、俊子がスーパーで買った安っぽいTシャツとハーフパンツを着て去っていくルイは、別人のように思えた。小雨がもたらす湿気で、いつもの路地の風景も白く霞《かす》んでいる。軒先で二人の姿が消えていくまで実弥子は見送ったのだが、二人が道の向こうで雨に溶けてしまうような気がしてならなかった。

次の日、長く続いた雨が久しぶりに上がって、空は青く晴れ上がっていた。しかし、その日の教室に、ルイは現れなかった。その次の教室にも……。

ルイが来ていないことについて、真っ先に訊いてきたのは、まゆちゃんだった。英里子は、「考えたいだけなんです」とあのとき言っていたが、その後、連絡はない。まだ来なくなると決まったわけではないので、実弥子は「そのうちに来るんじゃないかなあ」と曖昧《あいまい》に答えるしかなかった。

「ルイくんの絵、できたばっかりのを見るの、いっつも楽しみにしてたのになあ」

まゆちゃんが、心から残念そうに言った。

「ルイくん、こないだ学校で見たんだ」まゆちゃんが続けた。

「同じ学校だものね」

「うん」

「どうしてた？　ルイくん」

「座ってた。運動場のフェンスにもたれて。一人で」

「……そっか。淋しそうだった？」

「うーん、淋しそうっていうか……ぼんやりしてた」

「うん……」

「この教室にいるときとは、違う人みたいだった。どこ見てるかわかんない目をしてた」

「そっか……」

「でも、別に一人でぼうっとしてるだけだったら、それはそれでいいと思ったんだけど……」

まゆちゃんの声が、急に低くなった。

「けってるの、見たんだ」

「ける？」

「通りすがりに、男の子たちが、おまえ、なんだよ、とか言いながら、こつって、ルイくんをけってた」

「それって……」

「その、なんか、いじめ、というほどでもないっていうか、ちょっとからかうだけ、みたいな感じで、通りすがりに、こつって、何人かで順番に当てていった感じなんだけど、でも、なんにもしてない、ただ座ってるだけのルイくんに、そんなことするなんてひどいなって、ちょっと思ったんだけど、それ見てた女の子とかも、まわりでくすくす笑ってて、なんかやだなって思ったけど、でも、結局、私もなんにもできなくて、ルイくんに声とかもかけられなくて、ただ、遠くで見てただけだから、私も、あの子たちとおんなじだったなって、あとで思えてきて」

とめどなく話すまゆちゃんの息が、次第に浅く、荒くなっていった。

「まゆちゃんとその子たちがおんなじってことは、ないと思うよ」

まゆちゃんが、首を横に振った。

「あのとき、声をかけられなかったから、こんど教室で会ったら、話そうって思って来たんだ。でも、いなくて。こないだもいなくて、今日もいなくて、また会えなかったな、残念だな、せっかく話そうって思いながら来たのに、って思って、でも、せっかくってなんだろうって。せっかくって、思うってことは、自分が話してやろうぐらいに思ってたんだなって、そういうこと思ってる自分が、なんかえらそうだなって。ひどいなって思えて。そしたら、あの、笑ったりしてた子たちと、やっぱりおんなじなんじゃないかって、だんだん思えてきて」

「まゆちゃん、そんなに自分をせめることないよ」

実弥子は、まゆちゃんの頭に手を置いた。まゆちゃんが、上目遣いで実弥子を見た。眉が下がっている。

「ねえ、ルイくん、また来る？」

「うん、来るよ。あんなに、とっても、絵が好きなんだもん」

「うん……。先生は、いつから好き？　絵を描くこと」

「いつから……。そうねえ……」

実弥子は、子どものころのことを思い返してみた。紙と鉛筆さえあれば、何時間でも集中してなにかしら描いていた、ような気がする。ノートも、教科書も、余白さえあればいつもなにか描いて埋めていた、ような気がする。おかげでノートも教科書も決して誰にも貸すことができなかった。

「いつの間にか……じゃ、答えにならないわね、ごめん」

軽く謝ると、まゆちゃんは、首を横に振った。

「私も、いつからかなんてわかんない。もしかすると、まだ好きでもないのかもしれないな、とか思って」

「そうか。そうよね、絵の教室に来ているからすごく好きってわけでもない、というか、これから好きになってもらうようにしなくちゃ、だね」

「ゆずちゃんは、絵、かくのすきだよー」

いつから話を聞いていたのか、妹のゆずちゃんが間に入ってきた。

「ゆずちゃんは、のんきでいいよねえ」

まゆちゃんが、軽く息を吐きながら言った。

「でも、だから、ゆずちゃんの絵はおもしろいから、好き」

「まゆちゃんの絵も、おもしろいー」

「ほんとかー？」

まゆちゃんが、てへへ、と笑った。

「ちわー」

「ちわー」

空也くん、春信くんコンビが一緒にやってきた。

「お邪魔します」

「よろしくお願いします」

今月から正式に入会したお隣の植原親子がやってきた。真由子の方は、母親の手伝いを兼ねているだけだとは言っていたが、二人ともうきうきとやってきた。

「先生、今日はなにやるの？」

春信くんが、大きな声で訊いてきた。

「はいはい、じゃあ、みなさん、こちらを注目して下さい。今日はね……」

その日の課題を伝えながら、目の端で、ルイがいつも座っていたあたりを捉えた。ルイが、いない。教室を始めてから、いや、始める前からずっといたルイが、今日もいない。笑顔で一人一人に語りかけながら、胸の奥に、かすかに冷たい水が流れるのを、実弥子は感じた。

黄色い光の中に、一匹の犬が横たわり、目を閉じている。死んでいるのではない、ゆっくりと呼吸をしながら眠っているのだ、と思わせる生気の通ったあたたかさが伝わる。ふさふさとした薄茶色の毛が、光の中に溶けかけていて、犬と光が安らかに一体化しようとしている――一枚の画用紙の中で。

「俊子さん、犬の毛のやわらかさがよく出ていて、やさしい絵になりましたね。いいですね。俊子さんの絵、どんどんよくなってきてるなあって思います」

実弥子は、俊子の絵を両手で広げながら言った。

「ありがとうございます」

俊子がぺこりと頭を下げた。

「毛の一本一本まで心を込めて丁寧に描いているから、繊細でやわらかな犬の毛の質感がよく出てるんですよ」

実弥子が俊子に応えている横で、「ほんとだあ」と真由子が声を出した。

「犬に対する愛情を感じますねえ」

「そうなんです！　わかりますか？　伝わりますか？　うれしいです‼」

俊子が急に興奮したような声を出して、真由子の手を握った。突然距離を縮められて真由子は戸惑い、目をしばたたかせた。

「この子、私の家族だったんですよ！　子どものときに飼っていたムギちゃん！」

俊子は、飼っていた犬の「ムギちゃん」の写真を真由子に見せた。いつも手帳にはさんで持ち歩いていたのである。俊子の絵は、この写真を参考にして描かれたものだった。

「まあ、かわいいですね。柴犬……ですか？」

「柴犬も入っていると思うんですけど、近所で生まれた雑種の子をもらってきて、飼ってたんですよ」

「確かに、柴犬よりも少し毛がふわっとしてるようですね。そこのところが、この絵にもよく出てますねえ」

「描くの、楽しかったです。やっぱり愛のあるものは、気持ちよく描けるんだなあ」

「そうなんですよ、動物のように生きているものを描くときは、その生き物をどう思っているかが大事なんですよ」

実弥子が、二人の会話に入った。

「愛情があれば、どんなにめんどくさいこともできるってことかしらね」

登美子が視線を画用紙に向けたまま、絵を描く手も止めずに歌うようにつぶやいた。登美子の画用紙の中には、一羽のミミズクが木に止まって正面を向いている。黒い羽根、薄茶色の羽根、ベージュの羽根、白い羽根を、一枚一枚、細い筆で、すっ、すっ、すっ、と引いて描いていた。三日月の浮かぶ夜空の下でミミズクが、登美子が手を動かすたびにむっくりと太り、存在感を強めていった。

「とみこさん、フクロウさんですか？　かわいい」

ゆずちゃんが、登美子の絵をのぞき込んで訊いた。登美子は、筆を止め、ぱちぱちとまばたきをしたあと、うれしそうな笑顔になった。

「ありがとう、ゆずちゃん。でもねえ、これはねえ、フクロウさんじゃあないの、ミミズクさんなの」

「ミミズクさん？　フクロウさんと、どうちがうの？」

「それはね、この頭にあるお耳。ほら、ここにちょん、ちょん、ってお耳みたいなのが出てるでしょう」

「うん」

「これがある方が、ミミズクさんなの。つるんとまあるい頭をしているのが、フクロウさん、なんですよ」

「へえ、そうなんだ、ミミがあるから、ミミズクなんだ、知らなかったあ」

ゆずちゃんの後ろから、まゆちゃんも絵をのぞき込んで感心したように言った。

この日のアトリエの課題は、「動物」。それぞれ描きたい動物を決めたら、頭の中にある記憶を探って描いてもいいし、想像上のオリジナルの動物でもかまわない。あるいは動物の写真など、資料を使って描いてもいい。アトリエの本棚には、動物や植物の図鑑や写真集が置いてあり、自由に使えるようになっている。実弥子が買い足したものもあるが、大半は希一が持っていたものだ。

希一は、学生のころから図鑑の類《たぐ》いが好きだったのだが、実弥子と二人で山暮らしをするようになってからは、さらに好きになった。絵を描いたり、畑仕事をしたりなど、作業をしている時間以外の大半が、図鑑や写真を眺めることに費やされていたように思う。

「文字の少ないものの方がだんだん好きになるなあ」

かつては小説や絵の評論などもよく読んでいたが、次第に軽い随筆や詩集が多くなり、やがて写真集や図鑑を眺める時間が増えていった。

「だけど、図鑑の文章は読みたくなるんだよな」

床にぺたりと座って壁にもたれかかり、立て膝をブックスタンドがわりにして図鑑を置き、気ままにページをめくって、熱心に読んでいた姿が、実弥子の脳裏に焼き付いている。

あのときの希一と同じ格好をしている少年が目の前にいる。

（ルイくん……）

思わず心の中でつぶやいた。視線を感じた少年は、図鑑から目を上げて、実弥子の方を見た。

しかしその少年は、ルイではなく、春信くんだった。膝の上に広げたページには、様々な種類のクジラが泳いでいた。

一瞬、春信くんをルイと見間違えたことに気付いて生じた動揺を抑えるように、実弥子は軽く胸を押さえつつ、「春信くん」と声をかけた。

「クジラを調べてるの？　絵はもう、できたのかな？」

春信くんは、時間が経つと集中力が欠けてきて、絵が完成する前にふらふらと別のことをしてしまうことがある。

「あ、そうだ」

春信くんは、図鑑をぱたんと閉じ、床に置くと立ち上がった。

「読んだ本は、床に置きっぱなしにしないで、片づけてね」

「あ、いけね」

春信くんは、さっと図鑑を元に戻し、描いていた絵のところに実弥子と一緒に戻った。

画用紙の中には、描きかけの大きなエビがいた。

「クジラを描いてたわけじゃなかったんだね」

「クジラにした方がいい？」

春信くんが実弥子の顔を見上げた。

「そういう意味じゃなくて、さっき図鑑でクジラをずっと見てたから」

「エビを調べにいったら、いろいろおもしろくなって、読んでただけ」

「おもしろいなあって思ったものは、描き込んでもいいんだよ」

「動物、一つだけしか描いちゃいけないのかと思った」

「そんなことないよ。動物は何匹いても、何種類いてもいいの。ただ、主役はちゃんと決めてね。一番見てほしいなあ、と思うところは、きっちり決めておくの」

「主役かあ。じゃあ、主役は、やっぱりエビだな」

春信くんが軽く眉を上げた。

「そうだね、エビくん、どんと、もういい感じで主役の顔をしてるよね。じゃあ、あとはいろんな子をお友達として描き込むといいよ。大きさも自由でいいの。ちっちゃいクジラがいても、かわいいよね」

「ちっちゃいクジラかあ」

「クジラだからって、大きく描かなきゃいけないっていう規則があるわけじゃないんだよ。絵の中の世界は、春信くんが自由に広げてかまわない世界なんだから」

「自由なのかあ」

春信くんが、自分の絵を持ち上げて言ったあと、紺色の色鉛筆を取り出して画用紙の余白にクジラを描き入れる様子を見届けると、実弥子は部屋の隅に移動し、教室全体を見わたした。

白いローテーブルの上に、それぞれの好きな動物たちが、それぞれの色を与えられて、生まれたばかりのみずみずしい姿を、のびのびと見せている。

ルイなら、どんな絵を描いただろうか。実弥子は、またルイのことを考えてしまう。動物といえば、最初にここで絵を描いたとき、階段にたくさんの動物を描いていたな、と思う。存在感のあるゾウの絵が目に焼き付いている。世界全部を背負ってると言っていた、あのゾウを、もう一度描いただろうか。

「せんせー、クジラもかいたー」

春信くんの声がして、実弥子は振り向いた。画用紙を両手で掲げている。画用紙には、真っ青な海の底に大きな赤いエビがいて、遠くの海中に小さなクジラが浮かんでいた。その間に、銀色の細い魚が群れになって泳いでいる。

「わあ、きれいねえ」

実弥子は春信くんの絵を手に取った。

「クジラをここに小さく描くことで遠近感が出て絵に奥行きが生まれたし、細長い魚たちが群れている形から、海の水がうねっているのが感じられるわね。動きが見える。海の底にカメラを置いて、広い海を下から見上げたみたいね。春信くん、すばらしい構図です」

春信くんは、うれしそうな表情を浮かべつつ、照れくさかったのか、実弥子の顔は見ずにはなをすすった。


できあがった動物たちの絵を持って子どもたちと植原親子が帰っていくのを、実弥子は一人一人見送った。俊子も最後まで残り、一緒に手を振った。ルイを見つけた雨の日に流れてしまったランチのかわりに、教室のあとに夕食を一緒にとることにしたのだ。

「ルイくん、あれから、ずっと来てないの？」

皆がいなくなったアトリエにぺたりと座り、俊子がぽつりとこぼした。

「うん……」

実弥子は、床の上にこぼれた消しゴムのカスを小さな箒《ほうき》で掃き集めながら答えた。

「あの日から連絡ないの？　お母さんからも？」

「うん……。俊子さんには、ルイくんの洋服の代金、たてかえてもらったままで、申し訳ないです」

「あれは、いいのよ、ほんとに安いものだったし。とはいえ、ルイくんママ、連絡くらいくれてもいいのにねえ。もう二週間になるよ。学校には、行ってるのかな」

箒を動かしていた実弥子の手が止まった。

「学校のこと、まゆちゃんから少し聞いたんだけど」

「え、なんて？」

俊子が、実弥子の顔を見上げた。

「ルイくんが、他の子にけられてたって」

「ええ、それって……」

「まゆちゃんが言うには、いじめというほどでもなくて、ちょっとからかうだけ、みたいな感じだったらしいんだけど」

「でも、心配だよ。何度もそういうことあるの?」

「まゆちゃんからは、一度聞いたきりだから、そのあとどうなったかは、よくわからない。でも、まゆちゃん、あのときはそのことを私に言うだけでもすごくつらそうだったし、こっちから訊いたりはできなくて」

「そっかあ、でも、心配だなあ。ルイくん、思ってること、あんまり言葉にしないもんね」

「うん、そうだね。言葉が上手に使えない分、絵を使ってなにかを言おうとしていたんだろうね。美大にはそういう人が多かった。だから、ルイくんが言葉が少ないことは、私にはなんの疑問もなくて気にならなかったんだよね」

「ああ、なるほど。それがわかってるから、アトリエには、ルイくんも安心して通ってきてたんだろうね。でも学校は、ずっと黙ってるってわけにはいかない場所だもんね」

俊子の言葉に、ゆっくりと頷きながら、実弥子は目を伏せた。

「なんでだろうね」

「ん？」

「なんで、黙ってちゃいけないんだろう。しゃべらないと死ぬ、とかいうわけでもないのに、なんで、黙っているというそのことだけで、異質に思われてしまうんだろうね」

「改めて言われると、なんでだろうね。まあ、そうだねえ、なに考えてるかわからないのが、怖いからじゃないの？」

「誰だって、考えていることのすべてが、言葉にできるわけではないのにね」

実弥子は箒を片づけ、俊子の隣に座った。

「うん、そうだね」

「今の言葉、希一が言った言葉なんだけどね」

「そう、なんだ」

「正確には、考えていることのすべては、自分でもわからない、だからすべてを言葉にできるわけじゃない、だったかな。謎の多い人だったからね。人になにか訊かれて通じないと、口癖みたいに言ってた。自分の、母親にも」

実弥子と俊子は、アトリエを出て、二人で細い路地をゆっくりと歩いた。夕暮れの風が、皮膚にうっすら浮かんだ汗をひんやりとなでて通りすぎ、心地よかった。

路地をしばらく行くと、へびのようにうねっている道につながる。うねっているのは、もともと川だったためである。川は封じられて暗渠《あんきょ》となり、道の下に今でも流れているそうだ。

この道沿いに、いくつか小さな店が並んでいるのだが、その中の小さな蕎麦屋《そばや》に二人は入った。カウンター十席と、四人がけの小さなテーブル席が一つあるだけのお店で、カウンターはいっぱいだったので、テーブル席についた。トマトの冷たいサラダを分け合い、炭火焼きの鴨《かも》に山葵《わさび》を少しのせていたとき、「相席、よろしいですか?」と女性二人組から声をかけられた。

どうぞ、と身体を反対側に寄せながら見上げて目を合わせたショートカットの女性が、なにか考えているように実弥子の顔を見た。実弥子も、その顔には見覚えがある気がした。

「あ、先生!」

「え?」

「絵のお教室の金雀児先生ですよね」

「はい……」

「お世話になってます。空也の母です。森原里美《もりはらさとみ》です」

「ああ! 空也くんの!」

横に立っていた、長い髪を後ろで一つに結んだ女性も挨拶をした。

「春信がお世話になっています。木島弥生《きじまやよい》です」

「春信くんのお母さまも！　こんなところで、偶然ですね。今日は、お二人で？」

「はい」二人が同時に返事をした。

「お母さま同士も仲がいいんですね」

「も、っていうか、ねえ」

弥生が言って、里美と目を合わせた。

「春信くんと空也、仲が良すぎて、二人でなにをやらかすかわからないから、こうやってときどき作戦会議をしているんですよ。旦那に子どもたちを見てもらってね」

里美が続けた。

「要するに、やんちゃな息子たちからの、息抜き作戦ってことですね」

「それにしても、金雀児先生もこういうところに来られるなんて、なんだか意外です」

「たまには、来ますよ。今日は、空也くん、春信くんのクラスメートと一緒なんですよ」

実弥子が俊子を紹介した。二人が一瞬きょとんとしたのを見て、俊子が片手を挙げて「私も金雀児先生の、生徒なんです」と、よく通る声で言った。

「春信が、大人の人も来てるよって言ってたけど、あなたですか」と弥生が言うと、里美が「うちの子たちが、うるさくしてないですか？」と訊いた。

「いえいえ、とんでもない！　いつも二人が元気に教室を盛り上げてくれるので、楽しくご一緒させていただいてますよ」

俊子の言葉に、里美が少し怪訝《けげん》な表情になった。

「盛り上げるって……やっぱり、うるさくしてるんでしょ？」

「ほんとに、そんなことないですよ。じっくり楽しんで取り組んでいます」

実弥子がフォローした。

「ほんとですか、先生。よかった」

「はい、安心して下さい」

「空也たちが持って帰る絵、いつもとっても楽しみにしているんです。親ばかですけどね、ちょっと才能あるんじゃないかなって、みんなで話してたんですよ」

「そうそう、でも、二人ともルイくんにはかなわないなあ、って言ってましたけど」

「ルイくん！」

俊子が会話を遮るように大きな声で言った。

「ルイくんって、空也くんと春信くんと同じ学校でしたよね」

「そうです。空也たちの方が、一学年上ですけど」

「ああ、そういえば、最近話に出てこないなあ、って思ってたら、転校するんですって？　ルイくん」

「え、転校？」

実弥子は、ドキリとした。

「先生、ご存じなかったんですか？」

「はい。知らなかったです。お教室をしばらくお休みするということは、お母さまから、お聞きしてはいたんですが……」

「えっと」

俊子が咳払《せきばら》いをしつつ、会話に入ってきた。

「転校する、ってことで、転校した、っていう過去形ではないんですね？」

「そうねえ」

弥生が少し考えるように視線を上げた。

「三年生にお子さんのいるお友達にたまたま聞いただけだから、私たちも詳しくは知らないんです、ごめんなさい」

「いえいえ、大丈夫です」

実弥子は平静を装ったが、鼓動が速くなるのを止められなかった。


雨が降りそうで降らなかった日の空には、けだるさと不安が重たくつるされたままのようだ。夕暮れの校庭には、子どもたちの遊ぶ声が反響していたが、実弥子には遠い世界のできごとのように感じられてしかたがなかった。

ルイが転校してしまうかもしれない、と聞いた翌日、実弥子は思い切ってルイの通う学校を訪ねた。担任の教師と話ができるように、放課後の時間を見計らってやってきたのだが、入り口で用件を告げると、ずいぶん待たされてからルイの担任がやってきた。

白い髪が少し目立ち始めた、五十がらみの男の教師で、船木《ふなき》と名乗った。職員室の隣にある「相談室」と札のかかった小さな部屋に通された。

「習い事の先生が、わざわざ学校までいらして下さるなんて、初めてですよ」

船木は、白いハンカチで額の汗をぬぐった。実弥子もそれにつられるように、持参した青いタオルのハンカチで額を押さえた。

「林田類くんね。彼は、学校では、とにかくいつも黙っているもんだから、気になってね。保護者の方に訊いてみたんですが、喉の病気とか、そういうことではないということで……。絵の教室では、どうですか？　しゃべりますか？」

「確かに、ルイくんは、黙っていることが多いんですが、なにか話したいことがあるときは、よくしゃべります。どんな絵を描こうとしたのか、その絵の中には、どんな世界が広がっているのか、堰《せき》を切ったように、話してくれることがあります。だから、私は気にしていませんでした」

「そうなんですか……。絵の教室の方が、気楽だったんでしょうね。学校の教室では、一日中、ひとこともしゃべらないことがありましてね。本人はそれでいいかもしれないけど、まわりがね、なに考えてるかわかんないって感じで、避けがちになってきて。年月が経つほど、学年が上がるほどね」

「大きくなっていくほど、孤立していった、ってことですか？」

「だんだんね、子どもたちも鋭くなっていくっていうか、人と違うってことが、わかってきてしまうんですねえ」

蒸し暑い空気に絞り出されるように、首筋に汗が滲み出すのを、実弥子は感じた。

「昨日、この学校からアトリエに通っているお子さんの保護者の方と、偶然会いました」

「そうですか」

「その方から、ルイくんが転校するらしいとお聞きしたのですが」

「ええ、そうなんですよ。そんな連絡があったんですが、ずっと、休んでいますしね。手続きもあるし、気になりますし、とにかく一度、学校へ来て下さい、と連絡をしているんですがね、なぜだか、連絡がとぎれてしまって」

「あの、いつ、引っ越されるのでしょう」

「それは、そのう、個人情報にふれる可能性があるので、こちらからは……、ええ……すみません」

「そうなんですね……」

考えてみれば、ただの習い事の先生にすぎない自分が、学校に関わることを問い合わせるのは、立ち入りすぎている。それはわかっている。と、実弥子は自分に言い聞かせるように思った。ルイは、休みがちになってしまった学校に行かせるために、アトリエに来ることを母親に禁止された。ところが、その学校を去ろうとしている。その前に会いにいかなくては、と強く思い、やってきたのだった。

しかし、ルイは学校に来ておらず、ルイの学校での様子については「しゃべらない」というひとことで終わってしまうようなことしか、聞くことができなそうだった。実弥子は、力が抜けてしまった。

実弥子は、ルイの担任に軽く礼を述べて、学校をあとにした。校門を出たところで、肩に提げていたトートバッグから、一枚のメモを取り出した。そこには、ルイの家の住所と電話番号が記してある。アトリエの入会手続きをしたときに、ルイの母親に書いてもらった書類から書き写してきたものである。

すでに陽が落ち、暗くなりかかっていた。こんな時間に、急に家を訪ねたら、びっくりされてしまうだろうか。実弥子は立ったままメモをしばらく見つめたあと、携帯電話を取り出し、ルイの家に電話をかけた。呼び出し音を長く鳴らし、応答を待った。しかし誰も出なかった。電話を何度かかけながら、実弥子は歩き出していた。頭の中に記憶した住所へと、その足は向いていた。

「……金雀児先生?」

ふいにつながった電話の向こうから、英里子の声が聞こえた。実弥子の電話番号は、あらかじめ登録されていて、実弥子が電話をかけていることは、わかっていたのだろう。

「連絡しようと、ずっと思っていたんです」

英里子の声は、弱々しかった。

「こちらこそ、ごめんなさい。何度もしつこく電話をかけてしまって」

「また、こちらから、連絡させていただきますから」

「あ、切らないで、ちょっと待って下さい」

「はい？」

「ルイくんが、転校するってお聞きして、それで」

「……どなたに、そんなことを……？」

「ルイくんと同じ学校に通っている絵の教室の生徒さんのお母さまに、偶然街でお会いして、お聞きしました」

「そうですか……。まあ、そうなんですけど。いずれにしても、また連絡を……」

実弥子が、英里子の声を遮って、話した。

「今、来てるんです」

「え？」

「お家の前まで、今、来てるんです」

実弥子は、目の前にある家の住所と、メモに書かれた住所をしっかりと見比べて言った。古い木造の家の門に「林田」という表札が取り付けられていた。ここがルイの家。間違いない。

「今、会えませんか？　ルイくん、そこにいますか？」

「今は……」

くぐもったような声がしたあと、しばらく沈黙が続いた。

やはりさしでがましいことをしすぎているのだな、と実弥子が半ばあきらめかけたとき、かちゃりと音がしてドアがゆっくりと開き、中から英里子が顔を出した。実弥子をみとめると、表情を変えることなく「どうぞ」と、ひっそりとした低い声で言った。

「ルイは、今、奥の部屋でぐっすり眠っているところなので、起こしたくはないのですが」

英里子が実弥子から視線をそらした。

「あ、それなら、もう少しあとにしましょうか？」

「いえ」

英里子が顔を上げて、実弥子の目をじっと見た。

「私も、先生と一度ちゃんとお話ししたかったんです」

英里子に通されて入った家の中は、しんとしずまりかえっていた。

廊下や部屋の隅に、段ボール箱がいくつか積まれていた。リビングルームで、英里子に促されて、実弥子は木製のテーブルを挟んで向かい合わせに座った。ふと目を上げると、いつかルイが描いたセミの羽根の絵が壁に貼られていた。ここに貼っているということは、英里子もこの絵を気に入ってくれたということだろうか。

「この絵、あの子がここに貼ってって、言ったんです」

実弥子が絵を見ていることに気付いた英里子が、説明するように言った。

「この絵を持って帰ったとき、きれいな絵だねって、私が褒めたんです。そうしたら、ここに貼ってって」

ルイが、この絵を夢中で描いていたときの表情が、実弥子の胸にじわりと浮かび上がってきた。セミの羽根の一つ一つの模様を、一心に描いていた。頭の中で膨らんで、ぎゅうぎゅうにつまっていたものが、指先からつぎつぎにあふれ出ているようだった。

「お母さんに褒められて、とてもうれしかったんですね。きっと、ルイくんにとっても自信作だったんだと思います。この絵は、私が課題を出したものではないんですよ。課題を出す前の時間に、ルイくんが自由に、夢中で描いたものなんです」

「ありがとうございます。ルイが、お教室から持って帰る絵、私もいつも、ほんとうに楽しみだったんです。とってもすてきな絵ばかりで、いつもそれを、楽しそうに渡してくれて」

英里子が、実弥子の顔を、まっすぐに見た。

「先生には、感謝しているんです、とても……だけど……」

次第に潤《うる》み始めた目に、実弥子は戸惑う。

英里子は、そのまま言葉を見つけられなくなったように、押し黙った。

しばらく続いた沈黙を破るように、実弥子が口を開いた。

「あの、お引っ越しを、されるんですよね」

「はい……」

「今日は、お忙しいところに、突然、おしかけるようにお邪魔してしまって、すみません」

実弥子が頭を下げると、英里子は、いいえ、と言いながら首を横に振った。

「荷物はこうしてまとめているのですが、実は、私たち、まだ転居先が決まっていないんです」

「え、そうなんですか」

「なかなか、私たち親子が借りられる家が見つからなくて……」

「この家を、出なくてはいけない、ということなんですか？」

「ええ、すぐに、というわけでもないのですが……。この家は、夫の両親の持ち家なんです。夫とは、もう正式に別れてしまったので、私たちがいつまでもこの家にいるわけにはいかないんです。最初は、私の実家に戻ることも考えたのですが、私たちが入り込めるスペースは、とてもなくて」

「それは、たいへんですね。お気持ち、お察しいたします」

「おはずかしい話ですが、ずっと、夫が……元夫ですが、この家に帰ってこなかったので、別れること自体は、もうずっと前から覚悟していたんです。でも、いざとなると現実は思うようにならないことばかりで……。私も働いてはいるのですけど、正社員ではないので……。ルイの親権は私が持つのですが、この先、どうしていったらいいか、ほんとうに不安で……」

英里子は、ときどき言葉につまりながら、ゆっくり話した。実弥子は、言いにくいことを話してくれているのだと感じながら、その薄い唇から言葉が少しずつこぼれてくるのを見守った。

英里子が、ふと顔を上げた。

「ごめんなさい、なんだか、言い訳のように、私たちの、余計なことばかりをお話ししてしまいました」

「いえ……」

突然、部屋のドアが開いた。ルイが、立っていた。

「ルイくん！」

実弥子は、思わず立ち上がった。

ルイの、寝癖のついたぼさぼさの髪の間から、二つの目がしっかりと見開かれているのがわかった。

「ルイ、起きたのね」

英里子がそう言いながらルイに近づいていくと、ルイはその脇をするりと抜け、実弥子の方にかけよった。ルイの背中を追いながら、少し驚いたような表情を浮かべた英里子と、実弥子の目が合った。ルイが実弥子の手を握る。

「ミャア」

自分がここにいるよ、という合図のように、アトリエに到着したときに出していたあの声。

実弥子はルイの手をやさしく握り返した。

「ルイくん、また会えて、うれしい」

その言葉に応えるように、ルイが両手を広げて実弥子に抱きついた。

「やっぱり、金雀児先生がいいのね」

そう言う英里子の声が、かすかにふるえている。ルイの背中にやさしく手を回しつつ、実弥子は英里子に視線を送った。薄い唇はぴたりと閉じ、もう言葉を発することをあきらめたように見える。自分が母親なのに、子どもは背を向けて他の人に抱きついている。淋しくて、やるせない。その切ない気持ちを内側に閉じ込めたままの無言なのかもしれない、と実弥子は思う。

実弥子は、一度ぎゅっとルイの身体を抱きしめてから、ゆっくりと力をゆるめた。ルイもそれに合わせるように、実弥子に回していた手をほどいた。

実弥子は、ルイから少し身体を離すと、その視線の高さに合わせるように腰を屈めた。

「ねえ、ルイくん。また、アトリエに、絵、描きに来てくれる？」

ルイが目を大きく開き、英里子の方に顔を向けた。英里子は、まばたきをしながら、かすかに微笑んだ。

「行きたいんでしょ」

ルイは、ゆっくりと頷いた。

「でもね」

英里子はルイに近づき、その肩に手を添えた。

「引っ越さなきゃいけないのよ、私たち、ここから。きっと遠くなっちゃうから、通うのは難しいと思う」

ルイが、しゅんとした様子でうつむいた。英里子の手を取って所在なげに片足をぶらぶらとゆらした。

「ここにいたい」

ルイの言葉を聞いた英里子が、反射的にしゃがんで、ルイの目を見た。

「あのね、ルイ。何度も言ったよね。ダメなのよ、この家には、もう住み続けられないの。お父さんのこと、わかってくれてるよね」

ルイはうつむいたまま、片足をさらにゆらした。

「あの、こんなこと、私一人で決めるわけにはいかないことではあるんですけど……」

実弥子は、低い声で切り出した。

「私の家に、アトリエ・キーチに、来ませんか、二人で」

「先生の、家に……？」

英里子が怪訝な顔になった。ルイは、実弥子の方を見ながら、ゆっくりとまばたきをした。

「こんにちはー」

「こんにちはー」

ゆずちゃんとまゆちゃんが、声を揃えてアトリエにやってきた。

「あー」

先にアトリエに上がったまゆちゃんが、声を上げた。

「ルイくん、来てたんだ！」

すでにテーブルについて絵を描き始めていたルイが、まゆちゃんの声に、顔を上げた。うれしそうな表情を浮かべるまゆちゃん、「えー」と言いながら笑顔で走ってくるゆずちゃんを見て、真顔だったルイが、みるみる笑顔になった。

「うん、来た」

ルイが声を出して答えた。

「またルイくんと一緒に絵が描けるんだ」

「うれしいな」

「ルイくんはね、来た、というより、今、ここにいるんだよ」

実弥子が、声をかけた。

「え、どういうこと……？」

まゆちゃんが不思議そうに、ルイと実弥子の顔を交互に見た。実弥子は、にっこりと微笑んだ。

「ルイくん、今、この家に住んでるの」

「ほんと？」

まゆちゃんとゆずちゃんが、まんまるの目を向けると、ルイが、「ほんと」と答えた。頰にえくぼが浮かんでいる。

古民家を改装した「アトリエ・キーチ」の二階には、使っていない部屋があり、英里子とルイがそこに移ってくることになったのだ。不動産屋の山下を通じて、大家さんの許可も得ることができた。

そんなことはとんでもない、と、あの日、実弥子が訪問したときには、英里子はすぐに断った。しかし、それから数日後に、英里子の方から、やはりお願いします、とルイを伴って訪ねてきたのだった。

ひと部屋分の家賃と、食費などの必要分は負担してもらう、ということで合意したあと、英里子は自宅の荷物のほとんどを処分し、ルイと二人、身の回りのものだけを持って「アトリエ・キーチ」に越してきた。校区が変わらないため、ルイは転校はしないことになったが、結局、一度も登校しないまま夏休みを迎えた。

ルイが絵の教室に参加した日は、久しぶりに他の子どもと接する日でもあったのだが、最初にアトリエに入ってきたまゆちゃん、ゆずちゃんとすんなりなじんだので、実弥子はほっと胸をなでおろした。

春信くんと空也くんたちも、ルイを見つけると、「お、久しぶりじゃん」などと気軽に声をかけ、教室の生徒が次々に集まってきた。ルイは、これまでと同じように、教室の空気の中に自然に溶け込んだ。

「ちょうど季《とき》ちゃんと同じ電車に乗ってたんだよねー」

俊子が、季ちゃんと一緒に入ってきた。季ちゃんは、夏休みが始まる少し前から、「アトリエ・キーチ」に通ってくるようになった小学六年生で、二駅離れた街から一人で電車に乗って通っている。きりっとした眼差しにショートカットがよく似合う。

「よろしくお願いします！」

アトリエに入る前に、季ちゃんは一度立ち止まって、よく通る声で挨拶をした。

「今日は、これを描いてもらいます。これは、なんでしょう」

その日集まった生徒たちが、それぞれの場所で落ち着いたところを見計らって、実弥子がよく通る声で語りかけた。

「パイナップルー」

子どもたちが、口々に声を出した。実弥子の手の中で、パイナップルが一つ、明るく光っている。

「そうです！」

実弥子は、テーブルにパイナップルを置いた。

「これも並べますか？」

英里子が両手に一つずつパイナップルを持っている。日曜日なので、教室の補助に入ってくれたのだ。

「英里子さん、ありがとう。みんなの前に、見えやすいように並べて下さい」

英里子が等間隔でパイナップルをテーブルに並べた。

「今日は、頭の中で考えた形や色ではなくて、今、目の前にあるこのパイナップルをよく観察して、発見して、感じた形や色を丁寧に描いて下さいね」

それぞれ、目の前にあるパイナップルをじっと見つめた。

「記号みたいになっているイラストだと、パイナップルの実のところがマス目で区切られていて、黄色にぺったり塗ったようになっていたりするけど、実物はどうですか？　真っ黄色、かな？」

「はい」

季ちゃんが、手を挙げた。

「真っ黄色じゃないです。緑色とか、黄緑色とか、オレンジ色とか、茶色とか、いろんな色が、交じり合っています」

季ちゃんは、パイナップルの表面を人さし指でそっと押さえながら、確認するように言った。

「それに形も、よく見ると、頭の中で思っていたのとは違って、いろいろなものが出てて、なんだかとげとげした感じとか、おもしろいです」

「そうでしょう！」

実弥子は少し興奮した声を出した。

「ところでみなさん、こうやって切り取られる前のパイナップルは、どんなふうに実っていたと思いますか？」

はーい、と空也くんが手を挙げた。

「ヤシの実みたいに、高ーい木の上に、ぶらーんって、ぶら下がってる！」

「正解！　と言いたいところだけど、違うんだなあ。私も昔は、空也くんとおんなじように思ってたんだけどね、実は、こんなふうです」

実弥子は、エプロンのポケットから折り畳んだ紙を取り出して広げた。アロエのようなとがった葉を幾重《いくえ》にも重ねた一本の茎の上に、一個のパイナップルが直立するように膨らんでいる。

「一本の茎に一つの実が、上の方でこの葉っぱを上にしてまっすぐに実っているんです」

「えー」

子どもたちが同時に声を上げると、

「思っていたのと違う……」

俊子も思わずつぶやいた。

「ここのところをすぱっと切ると」

実弥子が写真の中のパイナップルのお尻の部分を、指先ですっとなぞった。

「こうなるわけです」

パイナップルを指さした。

「パイナップルは、英語では〝パインアップル〟と書きますが、パインというのは松という意味です。松ぼっくりが開く前の形にも似ているよね。でも、今日、絵を描くときは、そんな理屈っぽいことはぜんぜん考えなくていいんです。これが、パイナップルだってことも忘れて、今日生まれて初めて見たもの、みたいな気持ちで描いてほしいんです」

「うまれてはじめて？」

ゆずちゃんが不思議そうに繰り返した。

「固定観念を捨てるってことですね」

季ちゃんが、すかさずそう言うと、

「季ちゃん、難しい言葉、よく知ってるねえ」

俊子が隣で、感心したように応えた。

「それで、形を取るときだけど、これを使ってみるのも、おもしろいと思うよ。割り箸で作ったペンです」

割り箸ペンを何本も差したペン立てをテーブルに置いた。

「これを使うと、こんなふうになります」

実弥子は、見本として描いた絵を取り出した。墨汁をつけた割り箸ペンでパイナップルの形を取り、水彩絵の具で彩色している。パイナップルの実の、城壁の石のように四角く区切られたスペースの中で微妙な色が溶け合い、真ん中に丸く残された白い部分が、光を淡く放っているように見える。

「この線が、割り箸ペンで描いたものです。線に太いところと、細いところがあるでしょ。ナイフで削ったペンの先の、どこを使うかで太さが変わるんです。鉛筆とか普通のペンよりも、ちょっと使いにくいかもしれないけど、味が出て、おもしろいでしょ。いろんな角度を試しながら使ってみて」

「へえ……」

季ちゃんが、割り箸ペンを数本、抜き取った。ペン先は、どれも黒く染まっている。希一と一緒に暮らしていたころから使っていたものだ。好みに合うように、二人で何度も削り直しながら使ってきた。

「一本一本、違う」

「一本一本、手作りだからね。割り箸をナイフで削るだけなんだよ。これ、季ちゃんだったらきっと作れるよ。今は、小さいお友達もいるから、ここでナイフを使うのはあぶなくてできないけど、お家でお母さんと相談して、作ってみるといいよ」

「うん、今度作ってみる」

季ちゃんは、割り箸ペンを一本選ぶと、残りをペン立てに戻した。と、同時に別の手が伸びてきて、中の一本を抜き取った。ルイの手だった。その手を追いかけるように、まゆちゃんとゆずちゃんの手も伸びてきた。最後に俊子がそっと一本抜き取った。春信くんと空也くんは、すでに鉛筆で画用紙に描き始めている。

割り箸ペンを使う子には、墨汁《ぼくじゅう》を注いだ小皿を配った。

ルイは、割り箸ペンの先を墨汁に浸した。右手でペンを持ったまま、パイナップルに顔を近づけ、カメラのシャッターが開閉するように、ぱちっとまばたきをしたあと、白い画用紙に向き直ると、パイナップルの底から描き始めた。強弱のある線が画用紙にしずかに伸びていき、ブロックを一個一個重ねていくように、ルイのパイナップルの形が組み上がっていく。

対照的にゆずちゃんは、くるりとパイナップル全体の楕円形を割り箸ペンで大胆に描いた。楕円の中にやわらかな波線を描き入れ、波の真ん中に小さな丸をくるくると入れた。ルイの指先にみとれていたまゆちゃんは、ふと、ゆずちゃんの絵に目が留まって、はっとした。

「ゆずちゃんの絵、パイナップルのかたちがかわいくて、おしゃれ。色を入れたら、もっとかわいくなるね」

急に姉に褒められてうれしくなったゆずちゃんは、へへへ、と照れたように笑った。

「よし、私もがんばろっと」

まゆちゃんが、自分の白い画用紙をさっとなでた。

一方、季ちゃんは、眉間に皺を寄せて、パイナップルを見つめ続けている。微動だにしない。

「季ちゃん」

実弥子が声をかけると、季ちゃんが、ぶるっとふるえた。

「あーびっくりした。先生、急に話しかけるから」

季ちゃんが、目をしばたたかせながら胸を押さえて荒い息をした。

「だって、季ちゃん、息をするのも忘れてるみたいだったから」

「息？　うーん、そういえば一瞬忘れてたかも。だって、初めて見るもののようにパイナップルを見なさいって、先生がさっき言ってたこと、どういうことなんだろうって考え出したら、頭の中でなにかがぐるぐる回ってるみたいになって、このパイナップルも、なんて、なんて、なんて不思議な形の生き物なんだろうって、思えてきて」

「季ちゃん、それだよ、それ」

俊子が、横から声をかけた。

「生まれて初めて見るものって、それまで知っていたはずのものが、なんだこれ、って思えるってことですよね、先生」

「そう、そうです！」

思わず大きな声が出た。

（なんでも、初めて見るもののように見てごらん）

実弥子の胸の中に、希一の声が響く。

（初めて目にした感動を、誰かに伝えたくて、白い紙をわざわざ汚すんだよ、ぼくたちは。白い紙は、いつも初めて、真っ先にそれを知るんだ）

「不思議な形の生き物だなって思った気持ちで、白い紙に思い切り、季ちゃんの感じたことを広げていってね」

実弥子は、胸の中に浮かんだ希一の声に応えるように、季ちゃんに話しかけた。

「あー、つかれたー、これ、ちょーむずいー」

春信くんが、床にごろんと寝転がった。

「オレもー」

空也くんも、隣で寝転がった。

「男子たち、集中力がなくなってるねえ」

俊子が、溜め息をついた。

「パイナップルのアイスクリーム、いりませんか？」

英里子が、アイスクリームを盛った器を持って、アトリエに登場した。

「今日のモデルさんには申し訳ないけれど、一つ切り刻んで、パイナップルアイスクリームにしちゃいましたよ～！」

作り声で話す英里子のセリフに、春信くんも、空也くんも、ぴょんと、起き上がった。英里子にこんなお茶目な一面があったことに、実弥子は驚いた。ふとルイを見ると、ルイも少し驚いたような顔をしていたので、さらに愉快な気分になった。


「子どもはルイ一人だけで、あの子、ずっとあの調子だから、お友達が家に来るようなことはなかったので、他のお子さんと接する機会もなかったんです。だから今日、同じ小学生でも、いろんな子がいるんだなって、びっくりして、そして、だんだん楽しくなってきました」

教室が終わったあとの片づけをしながら、英里子がとつとつと話し始めた。

「今まで、ルイ一人のことしか見えてなくて、ずっと追いつめられていたようでした。でも、いろんな子がいろんなことをやって、話しているのを見るだけで、ずいぶん……解放されたというか、楽になれました」

「楽になるって、大事なことですよね、何事でも」

実弥子は、汗を拭きながら、英里子の隣に座った。

「楽に、やっていきましょう、お互いに」

英里子の目を、まっすぐに見た。すぐに答えようとした英里子だが、その目はたちまち潤み、言葉のかわりに涙があふれ出た。

「すみません……」

口に手を添え、顔を背《そむ》けて謝る英里子の肩を、実弥子はぽんと叩いた。

「だから、謝ったりなんてしないで下さいよ。ばんばん泣いて下さい。謝り合うような感じ、めんどくさくて、嫌なんです」

「はい、ごめんなさい……」

「だからあ」

実弥子が声を上げて笑った。

「あ、もう、ほんと、癖で……」

英里子も、自分で自分がおかしくなって、半分笑いながら、涙を流し続けた。

＊

机に向かって一心に絵を描いていた実弥子は、はっとして顔を上げた。携帯電話の呼び出し音が響いている。立ち上がって電話の方へ移動しつつ、壁にかけた時計を見上げた。昼の十二時を過ぎている。お昼ご飯にしなくては、ととっさに思いながら電話に出た。

「先生～、植原です～」

「真由子さん？」

隣なので、真由子も登美子も用事があれば直接訪ねてくることが多い。なぜわざわざ電話をかけてくるのだろうと思った実弥子の耳に、「ミャア」と聞き慣れた声が入り込んできた。

「……あ、ルイくん？」

「先生、さすが！　そうなんです、ルイくん、今、こっちに来てまーす。母と一緒に絵を描いたりして、ごきげんで遊んでいます」

実弥子の家で暮らし始めてから、ルイは隣の植原家によく遊びにいくようになった。最初のきっかけは、英里子が仕事に出かけ、実弥子も仕事をしている間、ルイが退屈してしまうのではないかと気を利かせて、登美子が自分の家に招いたことにある。けれどもそのうちに、声をかけてもらわなくても、ルイ一人でふらりと隣家に出かけていくようになったのだった。

「すみません、また、勝手にお邪魔してしまって！」

「いいんですよ、母の方が楽しく遊んでもらってるようなものだから。こう暑いと、どこへ出かけるのもたいへんだし、なにが起こるかわからないから、家に機嫌よくいてもらえるのが、一番なんです。でも、いい大人が二人、ずっと家にいたら、息がつまってしまいそうだから、むしろ、私が、助かっています」

「そう言っていただけて、安心しました。でも、もうお昼なので、これからルイくんを迎えにいきますね」

「そうそう、もうお昼だからと思って、先生のところに電話したんですよ。今、二人で熱中してるから、このままルイくん、こっちでお昼を食べさせてあげようと思って。なので、先生もこっちでお昼、ご一緒しませんか？　といっても、おそうめんくらいしか、出せませんけど」

「いいえ、そんな……。勝手に上がり込んだ上に、お昼までごちそうになってしまっては、申し訳なさすぎます」

遠慮して答えながら、お昼ご飯のための食材をすっかり切らしていることを、実弥子は思い出した。お昼までにルイと食材を買いにいこうと思っていたのだ。しかし、イラストレーションを描く仕事に没頭していて、時間が経つのを忘れていた。考えていたよりも手間取ってしまい、今日の夕方までには絵のデータを送ると約束した期限が、危うくなってきていることに気付いた。

「いいんですよ、ルイくんと私たちはクラスメートだし、お隣だし、先生ともご一緒したいですし。ご飯を作るのって、三人も四人もかわりませんから、遠慮なくいらして下さいね」

「ありがとうございます。では、お言葉に甘えて、すぐに伺います。実はちょっと立て込んでいたので、とても助かります」


植原家の玄関では、ルイが実弥子を待ちかまえていた。靴をぬいで部屋に上がると、「こっち、こっち」と言いながら、ぐいぐいとその腕を引っぱり、廊下を抜け、奥の部屋へと連れていった。奥の部屋には縁側があり、裏庭につながっている。

その小さな庭には登美子が立っていて、実弥子たちの方を振り向いて「いらっしゃい」と言いながら笑みを浮かべた。「これ、見て下さいよ」と指さした先には、段ボールを貼り合わせて作った大きな箱がある。

「これは……?」

実弥子は、縁側から庭へ、そこにあったサンダルを借りて、ルイと共に下りた。

草の上には、絵の具とパレットと筆を入れたバケツが置いてある。巨大な段ボールの箱の表面には、ゾウや小鳥、カブトムシ、ヒマワリや朝顔、飛行機や車など、動植物や乗り物が、段ボールの空間を自由に泳ぎ回っているかのように、縦横無尽《じゅうおうむじん》に描き込まれていた。

「ルイくんが、お庭に、新しいお家を一緒に作ろうって。こんなところに絵を描いたのなんて、初めてですよ。楽しい壁の、楽しいお家になったわよねえ」

登美子が確認するようにルイの顔を見た。ルイは、こくりと頷いたあと、ドアを開くように、箱の端を開いた。

「中に、入れるよ」

そう言って四つんばいの姿勢になって、ぽいぽいと靴をぬぐと、猫のようにするすると中に入っていった。

「楽しそうね」

ルイが入っていった方から実弥子が箱の中をのぞくと、内側にも絵が描かれていた。

「ルイくん、私も入っていい？」

「うん」

ルイは返事をしながら、箱の奥を押した。ドアが開くように段ボールの壁が開き、小さな家の中が明るくなった。実弥子もサンダルをぬいで、しゃがんだまま段ボールの家の中に入っていった。壁の内側には、びっしりと蔦の葉が描かれている。

「私はそんな中にはとても入れないから、家の中は、全部ルイくんが描いたのよ。どうですか、先生」

登美子の声を聞きながら、実弥子はその絵に見入っていた。ルイは膝をかかえて、満足そうに、段ボールでできた部屋を見回している。

「蔦だらけの部屋。とてもきれいね。アトリエ・キーチになる前の家だね。ルイくん、あのころの家のことも、よく見てて、覚えてたんだね」

「うん」

ルイは、裸足の足の指をぴこぴこと動かした。

「あの、蔦がびっしりあったの、ちょっと怖くて、ちょっときれいだったよね」

「うん」

しばらくして、二人は、段ボールの家を抜け出した。そして登美子と三人で、段ボールの家を改めてゆっくりと眺め、真夏の真昼の、庭の木がこぼす木漏《こも》れ陽《び》を浴びた。かすかな風が吹き抜けていく。

「おそうめん、食べましょう」

真由子の声が聞こえて、三人は、声のした方を見た。

庭の見える畳の部屋に、真由子がそうめんを浮かべた桶を置いた。別の皿に、錦糸《きんし》卵と細切りにしたきゅうりとハム、小口切りの青ネギとすり下ろしたショウガが盛られている。

四人で分け合ってそれを食べた。そうめんをすすりながら、実弥子は夏の陽を浴びる段ボールの家を、まぶしく見た。と、ふわりと頬になにかがふれた。それはルイの髪で、ルイは、そのままぱたりと畳の上に寝転がった。少し丸めた背中が、実弥子の体にふれている。

すぐにすうすうと小さな寝息を立て始め、ルイは眠ってしまった。

「あらまあ、さっきまであんなに熱心に絵を描いてたのに。お腹いっぱいになったとたん眠っちゃうなんて、赤ちゃんみたいねえ」

登美子が眉を少し上げて言った。

「ずっと熱心に作ってたからね、ルイくん。疲れちゃったんだね」

真由子が続けた。

「ルイくん、すっかり、二人になじんでますね」

実弥子が言うと「ほんとにねえ」と、登美子がルイの寝顔を見ながら言った。

「突然、孫ができたみたいよ。かわいいわねえ」

真由子は登美子の無邪気な笑顔に気付いて、うれしいような切ないような、複雑な思いになった。自分はもう、年齢的にも子どもを産むことはできないだろう。一人っ子の自分が子どもを作らなかったということは、母親に本物の孫を抱かせてあげられる日は、永遠に来ないのだ。だから、一時的にとはいえ、孫のいる気分を味わわせてあげられるのは、ありがたいことだと思う。

真由子は自分を納得させるようにそう思いつつ、なんとも言えない、いたたまれないような気分になっていた。

登美子の言葉に黙って頷いている実弥子の横顔を、真由子は満足そうな表情だと思った。その顔をつくづくと眺めながら、それにしても、と思う。いくら、自分の教室の生徒だからって、この子の家の人が困っているからって、一人暮らしだからって、自分の家に住まわせるなんて、なんて人だろう、と。

登美子が、押し入れから取り出したタオルケットを、眠っているルイにそっとかけた。実弥子がそのことに対して、声を出さずに表情と動きで軽く礼を言うと、登美子が、やはり声を出さずに、たいしたことないから、というように軽く手を振った。ルイを起こさないように気を遣って言葉を出さずに会話を成り立たせているのだ。もはや、あうんの呼吸だ。登美子の軽やかな動きに、杖をついていたことなんて、すっかり忘れているな、と真由子は思う。それはいいことだ、実にいいことだ、と心の中で畳みかける。あのまま、二人しかいないこの家の中に閉じこもっていたら、回復はすっかり遅れたことだろう。たとえ隣でも出かける機会を与えた私、なんてナイスアイディア。結婚などして、この家を出て、子育て中だったりしたら、とてもこんなことはしてあげられなかった。ずっとそばにいてあげたからこそ、できたことなのだ。そう言い聞かせて、登美子の「突然、孫ができたみたい」というセリフを聞いたことで生まれたいたたまれなさを、真由子は打ち消そうとした。

タオルケットの先から、ルイの裸足の指がのぞいている。それがふと、なにかの意志を持っているように、ゆっくりと動いた。母子家庭になって、自分の住んでいた家を急に出なくてはいけなくなって、この子も淋しかっただろうな、と真由子はしみじみと思った。あまりしゃべらないから、言葉でそれを知ることはできないけれど。

自分も、母親も、この子も、そして、実弥子先生も、みんな淋しい。そう思って、自分の母親を見た。ルイの方を見ているけれど、ぼんやりとして視線が定まらず、まぶたが重そうだった。子どもと一緒になってはしゃいで、疲れたんだな、と真由子は推測した。

実弥子にそのことを目配せしようと思ったが、部屋の中に姿が見当たらなかった。

気付けば、テーブルの上に置いたままだったはずの桶や皿などもなくなっている。きっと、自分がぼんやりとしていたときに、実弥子がそっと運び出したのだ。真由子は、はっとして立ち上がり、台所へ向かった。

実弥子はいなかったが、流し台に、洗った桶と食器類が伏せて置かれていた。そして、ダイニングテーブルには、一枚のメモが置いてあった。

「ごちそうさまでした。おそうめん、とてもおいしかったです。仕事の途中だったので戻ります。ルイくんが目を覚ましたら、連絡して下さい。ミヤコ」

「ミヤコ」のサインの横には、猫とそうめんの桶の絵が描いてある。

仕事から帰った英里子は、ルイから渡された、A4サイズほどの段ボール紙をじっと見つめた。

「窓だよ」

「窓?」

片面には動物や昆虫などの絵が描いてあり、その裏側には、蔦の葉が描き込まれている。

「それ、ルイくんと登美子さんが段ボールで作った家の窓なんです」

実弥子が横から補足した。

「窓をくりぬいたってことですか？」

「そうです。段ボールの家の方は、登美子さんのお宅のお庭に置いてあるんですが、迎えにいったときに、窓を持って帰りたいってルイくんが言ったので、私がカッターナイフで窓を切り取ったんです」

「じゃあ、そのお庭の家からは、この大きさ分の空が見えるということですね」

英里子が段ボールをかざした。蔦の描かれている方をこちらに向けている。

「それじゃ、空のおすそわけってことで」

英里子がアトリエを見回した。

「あそこに飾ろうかな。実弥子先生、よろしいですか？」

アトリエの棚の上を英里子が指さした。

「もちろん大丈夫ですけど、そこだと、ちょっと手が届かないですよね。踏み台、どこに置いたかな……」

実弥子が踏み台を捜している間に、ルイが英里子の背中に抱きついた。突然のことに、わ、と思わず声を上げた英里子の耳元に、ルイは「それ、貸して」と言って絵を受け取り、「おんぶして」と続けた。

「おんぶ？　まだそんなこと、できるかしら」

英里子は少し笑いながらそう言うと、ルイをおんぶしながらよろよろと立ち上がった。ルイは、片手で英里子の肩をつかみ、もう片方の手をぐいっと伸ばして棚の上に段ボールの絵を置いた。段ボールの絵の中心にいるのは、蛙である。頭の後ろに手を置いて、気持ちよさそうに眠っている。

「とみこさんの、かえる」ルイが言った。

「みんなを、眠ったまま見下ろしてる。こんなに高い所に飾ってもらえて、登美子さん、今度来たとき、きっと喜ぶだろうね」

実弥子はそう言いながら、英里子の背中から下りるルイを手伝った。そのとき、「金雀児実弥子さんは、こちらにおられるでしょうか？」というすんだ声が、外から聞こえてきた。

実弥子が応対に出ていくと、リュックサックを背負った若い女性が立っていた。実弥子には、見覚えがなかった。

「金雀児実弥子は、私ですが、あの、あなたは……？」

「私、広川麗奈《ひろかわれな》です。金雀児希一の妹です」

「え、妹!?」

希一に妹がいるという話を聞いたことがなかったので、実弥子は動揺した。

「希一さんから、聞いてないですか？」

「はい……。家族は、母親だけだって」

「父親のことは……？」

「子どものころに両親が離婚したとだけ、聞いていました」

「希一さんの父親は、希一さんのお母さんと離婚したあと、別の人と再婚したんです。それで、再婚した家で生まれたのが、私、なんです」

麗奈は一気にそう言うと、ふっと息を吐いた。実弥子は、頭を整理するように、何度かまばたきをした。

「つまり、その、あなたは、希一にとっては父親が同じで、母親の違う妹さん、ということなのですね」

「そうです。広川は、希一さんの父親の方の名字です。名字は違うけど、私は希一さんの妹です。いわゆる異母兄妹です。実弥子さんは、私の義理のお姉さんってことですね。嘘じゃありません。証明できるものはなにも持っていませんが……。あ、こんなものならあります」

麗奈は、スマートフォンを取り出し、手早く操作すると、一枚の写真を実弥子に見せた。

「あ、お義母《かあ》さん！」

麗奈と義母が、並んで写っている。麗奈はにっこりと笑って写っているが、義母の表情は、硬い。

「父に頼んで、一緒に会いにいきました。この写真を撮ったのも、父です」

「それはまた、ずいぶんと、大胆なことを……」

「はい。自分で提案したことですけど、考えてみれば、よく会ってくれたなって、今は思います。希一さんのお母さんの小夜子《さよこ》さん、会っている間はずっと真顔で、正直、ちょっと怖かったんですけど、最後、私たちが帰るときになって、『死ぬ前に会えてよかった』って、ぼそっと言ってくれたし、父も、『そうだな』って、しみじみ言っていたし」

実弥子は、もう一度スマートフォンの写真を見た。義母の表情は、うっすら笑っているようにも見える。一度は結婚し、子どももうけた人のことを、全くなかったことにはできないですからね、とでも言っているような気がした。

「提案、してみるものですね……」

実弥子は、しんそこ感心してつぶやいた。

「ところで、実弥子さん、お子さんがいらしたんですね？　私、もう、甥っ子までいたって、ことですね。叔母さんになってたって、ことですね」

麗奈は、実弥子の後ろに立っているルイを見ていた。

「あ、えと、この子は、そうじゃなくて……」

実弥子は、目線を泳がせながら後ろを振り向いた。心配そうに佇んでいる英里子と目が合った。


「わあ、絵の教室って感じする。楽しそう～」

アトリエの中に入ってきた麗奈が、高い声を上げた。

「ルイくんは、ここの生徒さん、だったんだね」

麗奈がルイの頭に、ふわりとふれた。

「ルイくんは、アトリエ創立メンバーというか、いろいろ手伝ってくれたんだよね。この棚のこの辺は、ルイくんが塗ってくれて」

「ほんと？　まだこんなに小さいのに、器用なんだねー、すごいねー、ルイくんは」

猫の頭をなでるように、ルイの頭をなでた。ルイはうつむいたまま黙っていたが、まんざらでもなさそうだった。

英里子が、「先生のお客さんだから、部屋に戻りましょう」とルイを促して、二階に上っていった。

「この〝アトリエ・キーチ〟のことは、お義母さんから聞いてきたんですね」

教室で使っているローテーブルの上に、実弥子は冷たい麦茶を置いた。

「ありがとうございます。そうです、ここの住所を、希一さんのお母さんから聞きました。だから、てっきり、実弥子さんにも連絡がいってるだろうと思っていて」

「連絡は、なかったです」

「それじゃあ、すごく驚かせてしまいましたね。ごめんなさい」

麗奈が、麦茶の入ったグラスを持ったまま頭を下げた。

「いえ……」

希一の葬儀をすませたあとは、義母と連絡を取り合うこともほとんどなかった。希一の生前も、結婚の挨拶に行ったときと、希一の個展のときに数回会った程度で、希一と母親の間にもほとんど交流がなかった。希一の絵にも、その人生にも、興味を持っていないような印象を、実弥子は受けていた。母親は、自分で興《おこ》した小さな会社の社長として、日々忙しくしているとだけ希一から聞いていた。実の父のことは、いないと言ったきり、それ以上のことは全く話さなかった。存命であるかどうかさえ、実弥子は知らなかったのだ。自分から言い出さないことは、お互い詮索《せんさく》しない。そんな関係が、実弥子と希一の間にはでき上がっていた。

しかし、生きていたのなら、希一の葬儀に父親は現れなかった、ということになる。

「私も、自分にお兄さんがいるなんて、ぜんぜん知らなかったんです！　父の口からそんな事実が出てきて、ほんと、びっくりしました！　ほんとに！」

無邪気に大きな声を出す麗奈は、今、大学二年生なのだという。

「文学部なんですけど、絵を見るのが昔から好きで、画廊めぐりはよくしてるんです。それで、あるとき、金雀児希一の絵を見つけて、とても魅《ひ》かれて。写真撮影ＯＫの画廊だったから、写真を撮って、父に見せたんですよ。父は建築士なんですけど、昔は絵を描いてたって言ってたので、いつも気に入った絵について話したりしてたんです。そしたら、名前を見て、ものすごくぎょっとした顔になって。そのとき、『血は争えんな』ってぼそっと言ったんですよ」

「血……」

「なんのこと？　って、思いますよね。それで、ぐぐーっと父に迫って、聞き出したんです」

麗奈は、麦茶を一気に飲み干した。

「じゃあ、希一のことを知ったのは、最近なんですね？」

「そうです！　もうほんとに、あれです、あれ、青天《せいてん》の霹靂《へきれき》！　ってやつでした」

「それは、私も同じです……麗奈さんのこと、青天の、霹靂」

「〝霹靂〟仲間ってことで」

麗奈は、乾杯するように空になったグラスを持ち上げた。

「麦茶、足しましょうか？」

「ありがとうございます。でも、もう、大丈夫です」

麗奈は片手を軽く挙げて制止した。

「それより、希一さんの作品を見たいんです。実弥子さんが、他の誰にも見せたことのない作品を持っているだろうって、小夜子さんがおっしゃってて。それで、それを見たくてたまらなくなって、今日、ここに来てしまいました。あつかましいお願いだって、わかってるんですけど、どうしても、見たくなってしまって」

きらきらした目で自分を見つめる麗奈を、少し戸惑いながら、実弥子はまぶしく見た。

「わかりました。いいですよ。希一も、きっと喜ぶと思います」

実弥子は、希一の絵を置いている二階へと麗奈を案内した。希一の主な作品は画廊で預かってもらっているので、ここにあるのは、スケッチや素描《そびょう》ばかりである。そのことを伝えた上で、実弥子は麗奈の手にまず一冊のクロッキー帖を手渡した。

麗奈は、「ありがとうございます」と神妙な顔でそれを受け取り、床にぺたんと座って、一枚、一枚、真剣な目でクロッキー帖を見ていった。

「あ……」

ふと、麗奈の口から声が漏れた。

「実弥子さん、ですよね」

自分を描いた絵のページを開いたのだ、と実弥子は思った。絵を見ないまま実弥子は「そうです」と答えた。

「いいなあ」

麗奈は、すてきだ、いいなあ、などとつぶやきながら、一枚、一枚、絵を見ていった。一冊見終わると、クロッキー帖を抱きしめて、目を閉じた。

「ああもう、胸がいっぱいです。生きているうちは会えなかったお兄さんだけど、そのロマンにはこうしてふれられる。絵を残してくれてありがとうって、思っちゃう」

言ったあとで、はっとしたように目を見開いて実弥子を見た。

「それを一番思っていいのは、実弥子さんですよね」

「そんなこと、ないですよ」

実弥子は、軽く首を振った。

「誰が一番なんて、ないと思う。絵を見る人それぞれが、それぞれに一番なんだと思います。私も、希一が絵を残してくれたおかげで、こうして麗奈さんとも会えました。妹がいるなんて、その存在さえ知らなかったのに、こうして会えた。会えてうれしいです。希一がこの世に残した絵をきっかけにして会えたなんて、奇跡みたいですね」

「はい……。ありがとうございます」

麗奈は、クロッキー帖を実弥子に返した。

「他のものも、見ますか？」

「そうですね……」

麗奈は、うつむいたまま少しだけ考えた。そのあと、胸に手を当てて、首を軽く振った。

「今日は、やめておきます。なんだか、胸がいっぱいなので」

「じゃあ、また今度」

「はい、また今度」

顔を上げて、実弥子をまっすぐに見た。

「作者の、その目が見たものを、直接見た気持ちになれますね、素描って」

「そうかもしれないですね、作意が入る前の状態だから」

「小夜子さんは、絵のことはよくわからないって言ってました」

「私も、お義母さんから何度か、そういう感想を聞きました。悪気はないというか、ほんとにピンときていない、という感じで」

「金雀児希一の良さを、実の母親が一番わかっていないなんて、一番悲しいパターンじゃないですか」

麗奈は、額に手を当てた。

「そうね、最初は、悲しいなって私も思ってたけど、そんなことで悲しいって思われるのは、希一もお義母さんも、本意じゃないだろうなって、あるとき気付いたんです。親子っていっても、別の人間には違いないんだから、そういうこともあるかなって」

麗奈が、目を見開いた。

「実弥子さんって、達観してる〜」

「そうかな」

「そうですよ」

「そうでもないですよ」

「そうでも、ありますよ」

実弥子は、会話にキリをつけるようにふと黙ったあと、麗奈の目を見て言った。

「ちょっと、散歩しませんか?」

「散歩?」

麗奈が軽くまばたきをした。

「このあたりに、希一と一緒に歩いた道があるんです。麗奈ちゃんも一緒に、歩きませんか?」

「はい! もちろん!」

二人がアトリエを出て、路地に立って顔を上げると、電線ごしの空が薄赤く色づいているのが見えた。

「希一と二人で初めてこの街にやってきたときも、こんな、夏の夕暮れどきだったこと、思い出しました」

長い階段を上りながら話す実弥子の息は、少し荒くなっている。

「大学の夏休みにね、朝から美術館めぐりをしてたんですよね」

「このあたりに、美術館が？」

階段を上りつめた麗奈が少し不思議そうにあたりを見回した。

「このあたりというか、ここから近い上野で」

二人は、上り坂の続く細い道を、ゆっくりと上っていった。

「ああ、そうか、確かに。上野には、国立西洋美術館とか、東京都美術館とか、美術館がいろいろありますもんね……」

「そうそう。朝からいくつも回って、美術館はもういいかなというところで、近くをもうちょっと歩いてみようってことになって。私たち、そのころはとても若くて、体力があり余っていたのね。いろいろな絵をたくさん見たあとに現実の街を歩いていると、自分たちがまだ絵の中にいて、さっきまで見ていた絵とは別の絵の中に入り込んでいくような、なんとも言えない、不思議な感じがしたのを覚えています」

実弥子が、遠くを見るように目を細めた。

「絵の中に入り込む……。うん、でも、ちょっとわかります。さっき希一さんの絵をじっくり見たところだから、その人の目がここも見てたのかって思いながら歩いてると、今見ている風景の中のどこかで希一さんがこちらを眺めているようで、現実ではないような、変な感じがしてるから」

「どこかで希一がこちらを眺めてるって、いいですね。そう感じてもらえるのが、なんだかうれしいな。あの日、希一と初めて来たときは、蓮《はす》がたくさん生えている池のそばを歩いて、特にあてもなく、気の向くままに、なんとなく歩き続けたんですよね。それで、いつの間にか、この街に来ていた。路地があって、昔ながらの家並みがきれいに残っていて。絵の中を歩いているうちに、時間も超えてしまったのかなって。要するに、この街の景色が、二人ともとても気に入ったの」

「わかるなあ。私も好きです、この街。一つ一つの建物がみんな顔が違っていて、一つ一つ、それぞれの息をしている感じがする」

麗奈が、息を深く吸って、吐いた。

「すてきね、それ。街全体が生き物みたいで」

「希一さんとは、そのとき、どんなことを話したんですか？」

「どんなこと……。うーん、もう、ずいぶん前のことだから、話した内容は、ほとんど覚えてないですねえ。でも、こんなふうに一緒に歩いていて、ふと気になるものが共通していて、そういう感じが楽しかったんだな、きっと。たとえば、ほら、これ、この窓の格子！」

実弥子は立ち止まって、白い建物に取り付けられている白い格子を指さした。一階の窓が、防犯用の白い格子で覆われている。幾何学模様の装飾が施された、レトロな味わいの特殊な格子である。

「あ、きれい」

麗奈が反射的に声を上げた。

「でしょ。これ、あのときからずっとある。椿の花をデザインしたみたいに見えるねって、そういえば話したたな」

「うん、確かに。でも、四つ葉のクローバーにも見えます」

「え？　あ、ほんとだ。そう言われたら、そんなふうにも見えるね。あのね、希一はね、これを見て、こんなふうにちょっと何歩かあとずさりをしてね」

実弥子は、格子窓から数歩下がった。

「水面《すいめん》みたいだ、って言ったの」

へえ、と言いながら、麗奈も格子から離れた。

「なるほど。全体をこんなふうに見わたして、言ったんだ。この模様が、水面にできる水紋ってことかな」

「そうだと思う。希一は、細かいところも見るけど、全体も見る。そういうところのある人だった。一緒に歩いていると、一緒に発見するものがあって、そして、その人のことも、発見できる気がする」

「うん。実弥子さんは、外で歩いている方がいっぱいしゃべってくれるんだなって、発見しました」

麗奈に言われて、実弥子ははっとしたように目を見開いた。

「え、そう？　そうかな、私」

「そうです。というか、話したいことがあるから、散歩しようって、私を誘ってくれたんじゃないんですか？」

「そうねえ、言われてみれば、そうかも。家の中で向き合って話すのって、息がつまるようなときがあって、ちょっと苦手かも。特に、初めて会ったような人だと」

実弥子は、麗奈の顔を見て、微笑んだ。

「でも、外で風に吹かれながらだと、ぜんぜん苦しくない。それ、言われて初めて気がつきました。ありがとう、散歩に付き合ってくれて」

「いえ、私も、ここへ来るとき、超緊張してたのに、もう緊張せずにすんでます。散歩、めちゃくちゃグッドアイディアです！　こちらこそ、ありがとうございます、です！」

「あ、ここ、この神社！」

実弥子は、突然高い声を出して、早足で鳥居を抜けて、薄暗い神社の中に入っていった。

「え、こんな時間に、神社に……？」

歩いているうちに陽は落ち、あたりは暗くなり始めていた。麗奈が怪訝な声を発したが、実弥子は意に介さず、といった様子で奥へと進んでいく。麗奈は、少し戸惑いながらも、あとを追った。

神輿《みこし》を収めている蔵の前の道をしばらく歩くと、景色が開けている場所に出た。広い空が見える。淡い桃色を少し残した空の下に、ビルが幾重にも重なる街の風景が広がっている。

神社の端を囲っている石の柵の下は崖のようになっていて、その下を、何本もの線路が通っている。そこにはターミナル駅があり、様々な種類の列車が線路の上をすれ違うのである。ヘッドライトや窓から漏れる光をきらきらとこぼしながら、長い車両が走り去っていくのを、二人はひとしきり眺めた。

「きれい。電車のスクランブル交差点だ」

「麗奈ちゃん、おもしろいこと言うね」

「私、こういうの好き。電車に乗ってる人の、わくわくした気分だけ、おすそわけしてもらえる気がする」

うれしそうな麗奈の横顔を眺めながら、実弥子は希一の横顔の記憶を重ねていた。

「あの中には、どこに行きたいのか、明確な目的のある人ばかりが乗っている、とも限らない」

希一が言った。実弥子は、え？　と言って希一を見上げた。

「どこかに行くために、乗ってるんでしょ」

「実弥子さんはさ、朝、今、ここに来ること、予想してた？」

「してなかった、けど……」

「そうだよね。美術館めぐりが目的だったけど、こうして、別の場所に来た」

「うん」

「電車だって、どこか途中で降りて、最初に思っていたのと違うところへ行っちゃう人もいるんだよ」

「それは、そう、かもしれない。とにかく私は、思ってもいなかったところに、今、来てる」

「ここが、思ってもいなかったところ？」

おだやかな眼差しの希一に、実弥子はしずかに頷いた。すると希一は、ふたたび列車の方に視線を移動した。実弥子は、その眼差しに吸い寄せられるように、希一の身体に、自分の身体を添わせた。そして、ぶらりと下がっている大きな手を握った。希一は、おだやかな表情を変えず、実弥子の細い手をそっと握り返した。

それが、二人がただの友達から、恋人に変化した瞬間だった。

「ここで、こんなふうに、夜になっていく空の下を走る列車を見ながら、私たちが一緒に住むことを、初めて考えたの」

「じゃあ実弥子さん、そのあとこの街で希一さんと一緒に暮らしたんですか？」

目を輝かせながらたずねる麗奈に、さらりと首を横に振った。

「私は、列車の線路が交差するこの街のことを考えてたけど、希一は、列車が走っていく先のことを考えてたみたい」

「自給自足生活をしていたっていう、山の……？」

「具体的な場所を決めたのは、それから何年も経ってから。最初は、郊外の大学の近くのアパートで、一緒に暮らし始めたんです」

「へえ」

「一緒に暮らし始めたといってもね、ゆっくり一緒にいられたのは、夏休みのときくらい。普段はそれぞれ、課題の制作とバイトに明け暮れていたから、家賃を節約するために友達と部屋をシェアし合ってた、という感じで」

ふいに吹いてきた涼しい風が、実弥子と麗奈の額の髪をゆらした。

「でもね、私と希一が一緒に住むことを決意した瞬間にいたこの街に、住むことにしたの、一人で」

実弥子は、風に促されるように、しずかな声で言った。

「山にいたときに希一が亡くなって、この先どうしたらいいのかさんざん悩んだんだけどね。自分の中で一度は住みたいって思ったことのあるこの街に、一人でも住んでみようって、思ったの」

「一人で住んで、絵の教室を開くことも、決めたんですか？」

「そう。山で一緒に暮らしていたときに、アトリエを開放して、子どもたちに絵の楽しさを教える場所を作りたいっていう話は、希一としていたのね。でも、過疎の村だったから子どもはほとんどいなくて、そこでは実現できなくて。だから、希一の望みでもあったそれを、住んでみたいと思った街で実現してみようって」

「それでほんとうに実現できるって、すごいですね、実弥子さんの実行力」

「ありがとう。でも、私一人だけの力じゃないのよ。いろんな人に助けてもらってる。ルイくんが、ペンキを塗ってくれたって話はしたよね」

「はい、聞きました」

「あのアトリエに使っている家、ルイくんが導いてくれたんだよ。猫になって」

「え？　どういうことですか？」

「猫がね、通りかかった野良猫みたいだったけど、何度も振り返りながら、こっちだよって、あの家に案内してくれたの。そしたら、そこにルイくんが立ってた。だから私は、勝手にルイくん猫が案内してくれたんだって思ってる」

「そっか。いいですね、そういうの」

「偶然は、必然なんだって思うんです。そのあと出会った不動産屋さんや、お隣の植原さん親子、ルイくんのお母さん、昔から知ってる編集者の俊子さん……、みんな偶然みたいに知り合ったけど、今は、みんな私にとって、とても必要な人になってる」

実弥子は麗奈の顔をじっと見た。

「え、私も?」

「うん。だって、偶然に私のこと知って、強引にやってきた。それって、必然決定でしょ」

「そう?」

実弥子は笑った。

「なんか、実弥子さんって、思ったより変わってますね」

「だって、なんでもそうやって、まるごと都合のよいことにしちゃってる」

「私、自分勝手なのかもね」

「あ、そんな意味じゃなくて……」

「いいの。自分勝手に、希一も、今も応援してくれてるんだって思ってる」

「希一さんが……今、も?」

実弥子は、しっかりと頷いた。

「麗奈さんの背中を押したんだよ。ほら、なんか、後ろに、手が見える」

「ひゃあ、怖いこと言わないで下さいよ」

肩をすくめて後ろを振り返った麗奈の、その肩に実弥子は手を置いた。

「ほら、希一さんの手だから、怖くないよ」

「ひゃあああああ」

すっかり暗くなった神社の隅で、二人は大きな声で笑った。


「お邪魔しまーす」

アトリエ・キーチに、季ちゃんが元気に入ってきた。靴置き場に他の人の靴がないのを見て、「やった、今日は一番乗り！」と小さくガッツポーズをしたが、「ミャア」という声が聞こえて振り返った。ルイが、鉛筆を握って立っていた。

「あー、ルイくんか。でもルイくんは、ここに住んでいるんだから、カウントに入りません！やっぱり今日は私が一番乗りだ」

「それはどうでしょう」

俊子が首を少しゆらしながら、部屋の奥から出てきた。

「あー！」

季ちゃんは片手で顔を覆って、背中を少しのけぞらせたが、すぐに手をどけて姿勢を戻した。

「俊子さんは、実弥子先生のお仕事仲間だからカウントしなーい」

そう言いながら季ちゃんは教室に入っていった。

「今日は日曜日ですよう、お仕事はしませんよう」

俊子は笑った。

八月半ばのこの日の教室は、「隣に行くのさえ暑すぎるので欠席します」と連絡をくれた植原親子と、家族旅行に出かけたまゆちゃん、ゆずちゃん姉妹、祖父母のいる田舎に長く滞在しているという春信くんが欠席だった。

空也くんはランニングシャツとハーフパンツで、「あちー」と叫びながら遅れて入ってきた。さらに遅れて、麗奈が「ごめんなさーい」と言いながら現れた。

麗奈もこの教室に加わることになったのだ。

この日、実弥子が出した課題は、「心の中の夏を描く」である。

「先生、夏っていうんだったらさ、すいかとかの見本、ないんですか？」

空也くんが手で額の汗をごしごしこすりながら訊いた。

「空也くん、それ、すいかが食べたいってこと?」

季ちゃんが、すかさずつっこむように言った。

「違うよ! ま、そりゃあ、出たら食べるけど。あー、今日のおやつはなにかなあ」

「やっぱ、おやつ目当てで来てるんじゃん!」

「うるせー。実弥子先生、このお姉さん、うるさいですー」

空也くんが、季ちゃんを指さした。

「そっちの男子の方こそ、うるさいです!」

季ちゃんは、思わず立ち上がった。

「あー、もう、ただでさえ暑いんだから、二人ともさらに暑苦しくしないの。頭冷やして、ほら」

俊子が二人の方に扇風機を向けた。二人の子どものやわらかい髪がなびいた。

実弥子が、扇風機の後ろに立って言った。

「今日は、なにも見ないで描きます。心の中にある夏を、紙の上に描き写すんです。空也くんが、それがすいかだと思うなら、記憶の中にあるすいかを描いて下さい」

「ええー、記憶ー? むずかしいなあ」

空也くんが、ローテーブルの上に一瞬つっぷした。しかし、それを季ちゃんが黙ってじとっとした目で見ているのに気付くとすぐに起き上がり、「わかった、がんばろ」と言って、鉛筆を動かし始めた。

「夏かあ。心の中の夏……。仕事してると、あっという間に夏なんて終わっちゃって、ああ、遠い……夏……」

ぶつぶつ言っている俊子の横で、麗奈がにまにまと笑っている。

「麗奈さん、夏になにかいいこと、あったんですか？」

季ちゃんが麗奈に話しかけると、麗奈は、はっとして我に返った。

「いや、あったんじゃなくて、楽しいことを妄想してたら、楽しくなってきただけ」

「楽しいことって、なんですか？」

「え、それはその、子どもには、教えられないなあ」

麗奈がもったいをつけた言い方をすると、季ちゃんが少しむっとした。

「自分もまだ子どもなんじゃないですか？」

「私は、今年二十歳になります。大人です」

「〝なります〟ってことは、まだ十九歳じゃないですか、子どもじゃないですか」

「今は、十八歳で選挙権があります。大人です」

「二人とも、しずかに」

実弥子が間に入った。

俊子は、白い紙の上に、小さな丸や三角や四角などの形を散らすように描き始めた。

「俊子さん、それは、なんですか？」

「花火です。夏といえば、花火。まあ、ありきたりな発想ですけど」

「花火、いいじゃないですか。今日は別に、奇抜な発想を求めているわけではないんです。一人一人の心の中に息づいている風景を、絵としてどう表現するか、です。そうやって、夜空に浮かぶ花火の光の記憶にしっかりした形を与えているのは、とてもいいですね。記憶の中にあるものを、誰かに伝えようとする意志が感じられます」

「意志、というほどたいそうなものでもないと思いますけど、そう言ってもらえると、これでいいんだなって思えてきて、安心します」

俊子が白い歯を少し見せて笑った。

「花火の見せ方は、そうやって自由にしていいですけど、構図は、考えて描いて下さいね。これは、打ち上げ花火だと思うんですけど、あれも主役の花火と、控えめな花火と、ある程度メリハリをつけて上げていますよね。花を活《い》けるときの、薔薇《ばら》の花とそれを際立たせるかすみ草みたいな感じで。絵の中でも、主役と引き立て役を、描くときに意識しておいて下さいね」

「なるほどねえ」

「それから、誰と、どこで、どんなときに見た花火なのか、絵の中に描き入れるかどうかは別として、背後にある自分のストーリーを考えながら描くと、自然と絵に広がりが生まれますよ」

「誰と……どこで……どんなときに……うわあ……」

「俊子さんの絵、楽しみ〜」

歌うように俊子の絵をのぞき込む麗奈に、「麗奈ちゃんも自分のをちゃんと考えて下さい」と、実弥子が麗奈の白い画用紙を指さした。

「ねえ、空也くん、その黒いつぶは、なあに？」

熱心に鉛筆を動かしている空也くんに、季ちゃんが声をかけた。

「すいか」

「え？」

「の種」

「種かあ！」

「みんなが飛ばしたすいかの種！　うひひ」

「あ、なんか、楽しそうだなあ。私もなにか飛ばそう。飛ぶもの、飛ぶもの……。そうだ、おばけにしよう！　夏のおばけ！」

季ちゃんが、楕円形のおばけをするすると鉛筆の先から生み出していった。

「季ちゃんには、おばけが、楽しいものなんだね」

麗奈が感心して言った。

「楽しいっていうか、かわいい！」

「かわいいかあ。でもさ、夏だから〝おばけ〟って、まあその発想はわかるけど、今日は心の中のイメージを描くんだよ。季ちゃんの心の中の風景に、おばけがいるってこと？」

「あー」

季ちゃんは、鉛筆を唇に当て、上目遣いになって、少し考えた。

「うん、いるよ。おばけ、会ったことある」

「え、まじ!?」

「まじ。おばあちゃんちで」

季ちゃんが、にっこり笑った。麗奈の口が、あんぐりと開いた。

「怖くなかったの⁉」

「うん、怖くないよ。かわいかったから」

「本物のおばけ見たんでしょ？　それ、かわいいとかそういう……」

うろたえる麗奈を見て、季ちゃんがくすくす笑っている。

「わあ、信じられない……」

麗奈が、てのひらで目を覆った。

「麗奈ちゃんは、おばけが、怖い派？」

俊子に声をかけられて、麗奈が一瞬、ぶるっとふるえたあと、口をへの字に結んだまま、こくりと頷いた。

「無理」

「麗奈ちゃん、若くてかわいくて、無敵に見えるけど、ちゃんと弱点があるんだね」

麗奈は、とんでもない、というように、ぶるぶると首を横に振った。

それを見た季ちゃんが、「大人なのに、おばけ怖いんだ〜」と、麗奈をからかうように言った。

「あ、さっきは私のこと、子どもだって言ったくせに、季ちゃんは、判断基準が変わりすぎです」

麗奈が、少しむきになって言い返した。

「はいはい、麗奈ちゃんは、子どもでも大人でもどっちでもいいから、おしゃべりばかりしてないで、自分の表現に集中して下さい。今日はいつもより人数が少ないのに、なんだか集中力に欠けてるんじゃないですか」

たしなめるように言いながら、実弥子は、ルイに視線を向けた。

ルイは、白い紙に向かって、一心に鉛筆を動かしていた。

「ルイくんを見習わないと」

少し声をひそめて言った。

ルイの画用紙の中には、夏の強い光を浴びている階段と、その下に続く道が描かれていた。階段の一つ一つにくっきりとした影が描かれ、下に続いている道には、木漏れ陽を受けながら歩く一組の親子の姿が浮かび上がっていた。日傘をさした母親と、Tシャツを着た少年である。

「ここを歩いているの、ルイくんと、お母さんね」

実弥子が話しかけると、ルイがこくりと頷いた。

「一緒に、歩いた、道」

ルイが、一語一語確認するように答えた。

いつの間にか英里子が立っていて、ルイの絵をじっと眺めていた。

「お母さんと、ルイが、ここにいるのね」

英里子が、ささやくように言った。

「今日は、夏をテーマに、心の中にある風景を描いてもらったんですよ。ルイくんの心の中に、お母さんと一緒に歩いた時間が、刻まれているんですね。夏の、光と影と一緒に」

実弥子が、ルイの絵を見ながら説明した。

「きれい。光と影、目の前で見ているみたいに見えてきますね。白黒なのに。一緒に歩いているところをルイに思い出して描いてもらえて、お母さん、すごくうれしいな」

英里子は、そう言うとすっとしゃがんで、ルイの隣に座った。

「ルイ、ありがとね」

英里子の声に、はっとしたように顔を上げると、ルイは少し照れたように、にっと笑った。

それからすぐに画用紙に視線を戻し、鉛筆を握ってうーん、と考えたあと、立ち上がった。

ルイは、天井を見上げ、何度かまばたきをしたあと、英里子の方に顔を向けた。

「どうしたの？」

英里子がやさしく問いかけると、ルイは、ふっと笑みを浮かべた。

「見にいく」

と、ひとことだけ言うと、つかつかとアトリエの玄関の方へ行き、サンダルにさっと足を通して、鉛筆を握ったまま外に飛び出した。

「あ、ルイ、待って、見にいくって、なにを見にいくの？」

英里子があわてて追いかけた。反射的に実弥子も立ち上がって二人の後ろを小走りでついていったが、ルイに英里子が追いつき、その手を握ったところで実弥子は足を止めた。

その後、ルイが英里子の手を引くように階段を上っていく姿をしずかに見つめた。階段を上りながら、ルイが英里子になにかをしきりに話しかけているのがわかった。英里子が笑顔で応えている。

実弥子は、安心したように頷くと、振り返ってアトリエに戻っていった。

階段の一番上までたどりつくと、ルイは立ち止まって空を見上げた。英里子はその視線を追うように一緒に空を見た。真っ白な入道雲がもくもくと湧き上がり、青い空に映《は》えている。青空の下に、路地の家々の屋根が連なっているのが見わたせた。英里子は、ポケットからハンカチを取り出し、額から流れてくる汗をぬぐった。口をうっすら開いて空をじっと見上げているルイの額や鼻に汗が浮かんでいるのに気付き、同じハンカチでそっとそれをぬぐった。

ルイは少しくすぐったそうな表情になって目を閉じた。

「そら」

「空？」

ルイの言葉を、英里子が繰り返した。

「そらに、かくよ」

「え？」

「見てて」

ルイは、鉛筆を持った手を高く挙げた。

「空に、絵を描くの？」

英里子は、ルイの鉛筆の先を、じっと見つめた。ルイの手がゆっくりと動いた。

「くも、白い、くも」

「あの雲をたどっているのね。あれは、入道雲っていうんだよ」

「うん」

ルイが、こくりと頷いた。

「うみ」

「海？」

「うん。それから、なみ」

ルイの手がゆらゆらとゆれた。

「波？　波に、ゆられているの？」

「ううん、なみを、見ているの」

ルイは、身体ごとゆらゆらゆれながら、鉛筆の先を空にゆらした。

「海のむこうで、波がゆらーん、ゆらーんってしてて、それが、どんどんこっちにきてた。ざぶーん、ざぶーんって」

鉛筆を握った手を下ろし、英里子の顔を見た。

「お母さんも、見たよね。お父さんも、いたよね。いっしょに、見たよね」

ルイは、夏の光を浴びてまぶしそうに目を細めている。英里子は、はっとした。

《心の中にある夏を、紙の上に描き写すんです》

実弥子が今日の課題を出すときに言っていた言葉を、反芻《はんすう》した。ルイは、心の中にある夏、家族三人で行った海水浴のことを思い出しているのだ、と英里子は気付いたのだった。

空に向けた鉛筆で、ルイは記憶に残っている海の風景を描き出そうとしていた。指先をゆっくりと動かして、その記憶の中の景色を、英里子に伝えるように。

英里子は、鉛筆の先をじっと見つめながら、三人で行った伊豆の海のことを思い出していた。


ルイは、三歳だった。海に行ったのは、あれが最初で、最後だ。あのころは、英里子と夫の仲も良好で、海水浴に行こうという計画は、どちらから言い出したのでもなく、自然に決まったのだった。

あの日、夫が、ルイのために新しく買った黄色い浮き袋を膨らませた。その間、砂浜に立てたパラソルの影の中に座って、ルイは海を不思議そうに眺めていた。浮き袋がぱんぱんに膨らむと、白い歯を見せて夫が笑った。

「ほら」

そう言いながら、ルイに浮き袋をくぐらせた。

片手で黄色い浮き袋を抱えたルイの、もう片方の手を夫が握り、二人は砂浜をてくてくと歩いて、海をめざした。波打ち際で、二人は立ち止まった。寄せては返す波が足首に当たるのを、ルイは頭を少し下げて、めずらしそうに見た。英里子はその様子を、パラソルの影の中からずっと眺めていた。

ルイが一度、こちらを振り向いた。夫もその視線に合わせて英里子を見た。英里子は立ち上がって、手を振った。夫は手を振り返したが、ルイは手を振らず、海の方に向き直った。そして、波の中に進んでいった。ルイは、初めて見る海を、怖がらなかった。ルイは、そういう子どもなのだと、勇敢な子どもなのだと英里子は少し誇らしく思った。

しかし、夫があとで英里子に言った。

「ルイ、あいつやっぱり、ちょっと変だよな」

「え？」

「真顔だったんだよ、ずっと。海に入ってたとき。普通さあ、子どもって、もっと、きゃっ、きゃってはしゃいだり、笑ったりするじゃないか？」

そういえば、そういう感じに、ルイはあまりならない、と英里子は気付いた。

「そういうのが……あんまり外に出ないタイプなんじゃない？　私も……どちらかというと、そうだったかも」

ずっと「おとなしい」と言われ続けた子どもだった英里子は、海辺の宿の布団で早々に寝息を立てているルイの寝顔を見ながら、そう答えた。

「まあ、そうだな、おまえに似たのかもな」

「そうよ。ちゃんと楽しんでたと思う」

「そうか、ならよかった」

夫が、ごろんと大の字に寝転んだ。「ならよかった」って、どういう意味だろう。英里子の胸に、ざらりとしたものが残った。


海に三人で行ったのは、あの日、一回きりだ。ルイとは、海に行った話を、そのあと一度もすることはなかった。幼すぎて覚えていないのだろうと、英里子は思い込んでいた。

でも、今、目の前にいるルイは、海の絵を、空に描こうとしている。

英里子は、後ろからルイの肩に手を置いた。ルイは、振り返って英里子の顔を一度見てから、また空を見上げた。

「浮き袋」

空に向かって、ルイが浮き袋の形を描いた。

「浮き袋だね」

英里子が言うと、ルイが軽く頷いた。

「パラソル。お母さんがこの下にいた」

「そんなことまで、覚えてたの」

ルイは、こくりと頷きながら、鉛筆を丁寧に動かしていた。

「そして、お父さんの手とぼくの手」

「お父さん……」

英里子は、どきりとした。ルイの指先が、自分の父親の指を一本一本思い出しながら描いている、と英里子は思った。

「手をつないで、うみに、入った」

ルイの手が、ゆらゆらとゆれて、空に波を描いている。

「見える、よく見えるよ、空に、ルイの思い出が浮かんでくるよ」

英里子が言うと、

「お母さんと、お父さんと、いっしょに見たよ」

とルイがぽつりと言った。

「うん、見たね、一緒に」

二度と戻らない時間なのだという思いが、英里子の胸をきゅっと締めつけた。

「はあ、つかれた」

ルイがぱたりと腕を下ろした。

「お疲れさま」

英里子は、ルイの小さな身体を、後ろからぎゅっと抱きしめた。二人の頭上に、セミの声が降り注いでいた。


ルイがその日描いた二枚の絵を、実弥子はアトリエでつくづくと眺めていた。一枚は、階段の下の道を歩いていく親子の鉛筆画で、もう一枚は、青い空、白い雲とエメラルドグリーンの海の色が鮮やかな絵である。黄色い浮き袋を抱えた少年と父親と、赤と白のパラソルの下で手を振る母親の姿が描かれている。さらに、光が散乱しているように、黄色やオレンジ色などの明るい色の斑点が、画面いっぱいに飛び散っている。砂浜には、貝やヒトデやカニや流木、ビーチサンダルなどが楽しげに散らばっている。

英里子が冷たい麦茶を入れたグラスを二つ、トレーにのせて入ってきた。

「どうぞ」

絵に見入っていた実弥子は、英里子に声をかけられてやっと彼女が部屋に入ってきたことに気付き、顔を上げた。

「ありがとうございます」

グラスを受け取って、ぐいぐいとお茶を飲んだ。

「あー、おいしい！　そういえば、すごく喉がかわいてたんだった。誰かにお茶を出してもらえるのって、すごく新鮮。ありがたいなあ」

「夏は、ちゃんとこまめに水分とらないとダメですよ、先生。先生もルイと一緒で、集中しすぎて、いろいろなこと忘れてるみたいです」

「わあ、英里子さんには、かなわないなあ。英里子さん、お母さんみたい。みたい、というか、実際お母さんですもんね」

実弥子が英里子の顔を見ながらそう言うと、英里子の顔が、少しくもった。

「私、いい母親では、ないので……」

「そんなこと、ないですよ、絶対に。というか、いいとか悪いとかじゃないんじゃないですか、お母さんって」

「でも、私、ルイのこと、ちゃんと理解してあげられてなかったなって」

うつむく英里子の視線の先に、実弥子はルイの絵を差し出した。

「もう一度よく見て下さい、この絵。どちらも、すっごくいい絵です。特に、この海の絵」

「はい……」

英里子は、海の絵を両手で受け取り、しみじみとまた眺めた。ルイが階段の上で空に描いた絵を、アトリエに戻って完成させたのである。

「一度だけ一緒に行った海のこと、こんなふうに覚えていてくれたってわかって、ものすごくうれしかったです」

「ルイくん、空に下絵を描いたんですって？」

「そうなんです。おかしな子ですよね」

「画用紙では大きさが足りなかったんでしょうね。なんとなく、わかります」

「ほんとですか？」

「共感するというより、ルイくんならそうなんだろうなって思って。ときどき、感じたことがあふれて四角い枠に収まりきらなくなるんだと思います」

「あの子の中には、そんな大きなエネルギーが充ちてたんですね」

「そうですよ」

「そうなんですね……。私、やっとルイのこと、わかってきた気がします」

「気がします、じゃなくて、わかってますよ。もうちゃんと、わかってもらえてるって感じてますよ、ルイくんは。だから、こんなにいい絵になったんです」

実弥子が、にっこりと微笑んだ。英里子もつられるように微笑み、頷いた。

「ルイのこと、普通じゃないんじゃないかって、この子の父親が言ってから、そのことで、ずっと不安に思ってきたんです。でも、こういう絵を見てると、普通ってなに？　って、思ってしまいます」

「そうですよ、普通なんてものは、どこにもないですよ。普通って言って、誰かの顔が浮かびますか？」

英里子がにっこり笑いながら、首を横に振った。

「夏の光をこんなふうに描けるのは、ルイくんしかいないですよ。光に、ルイくんの気持ちが乗っているんです」

ルイの描いた絵の中に、永遠の夏が閉じ込められている。英里子はそう思うと、実弥子の言葉が胸に沁《し》みて、頷いた。

「先生も、こんなふうに、子どものころから絵を描かれてたんですか？」

英里子に問われ、実弥子は、そうですねえ、と自分の子どものころの記憶を探った。

「紙と鉛筆さえあれば、ぜんぜん退屈しなくて、らくがきばかりしていたんです。それでなのかどうかはわからないけど、小さいころから絵の教室に通っていました。近所のお寺の広間で教室が開かれてたんですよ」

「お寺？」

「田舎町で、今のように公共施設がそんなに整ってなかったんだと思います。お寺なら、広くて、普段は使っていないお部屋があるから、お習字の教室や柔道の教室もやってましたよ。私たちの絵の教室は、週に一度、近所の子どもたちが絵の具を持参して集まって、美術大学を出た若い男の先生が教えてくれて」

「楽しそう」

「絵の先生ね、まろん先生って呼ばれてたんです」

「まろん先生？　かわいいですね」

「ほっぺたがつやっとしていて栗みたいだったからだと思うんだけど、なにをやっても絶対に怒らなくて、いつもふわっとしてるの。それで、教室の開始予定時間より、いつもちょっと遅れてきて、白いハンカチで汗を拭きながら『じゃ、好きにその辺描いてきてね〜』とか言うの」

「え、課題は？」

実弥子が、くすりと笑った。

「まろん先生は、課題は、ほとんど出さなかったですね。だから、お寺のお庭に出て、スケッチをすることが多かったです。それを何日かかけて仕上げていくんです。でも、ときどき野菜とか果物を持ってきて、『今日はこれ、描いといて』とか言うことはあったかな。とにかく、同じものを描いても、お友達とは絶対に同じにならないのがとてもおもしろかった。そこにあるものを、どんなに見つめても、絵に描くと、決して実物と同じようにはならない。それがおもしろいなあ、と思ってました。そのおもしろいなあと思う気持ちで、ずっと続けてるような気がする」

「いいですね。なにかをずっと、おもしろいなあって思いながら続けられるって」

「はい、そうですね。他に続けられたことなんて、なにもなくて」

「それがあるから、実弥子先生は、お淋しくないのですか？」

「え？」

「あ、ごめんなさい。こんなこと、お訊きしていいかどうかわからないのですけど……。あ、いや、やっぱり、やめておきます」

「そういうのが一番気持ち悪いじゃないですか。なんでも訊いて下さいよ」

実弥子は、英里子の目をまっすぐに見た。

「あの、実弥子先生は、パートナーの方を亡くされてから、ずっとお一人でやってこられたのですよね……」

「そうです」

「淋しくは、ないですか?」

「淋しいですよ、もちろん……とても」

ぽろりと実弥子の目から涙がこぼれた。「あ、やだ、なにこれ」と、小さくつぶやきながら、実弥子は涙をぬぐった。

「……やっぱり、ごめんなさい。変なこと訊いてしまって、ほんとにすみません」

あわてて手をわなわなとさせ始めた英里子の手を、実弥子が力強く握った。

「いいんです。泣きながらこんなこと言うのも変なんですけど、今、すごくすっきりした気持ちなんです。淋しいって、言えて」

「あの……」

「こんなにまっすぐに訊かれたことって、ないから、こんなにまっすぐに言えたことも、なかったけど、言えて、自分でもびっくりしたけど、うれしいです」

実弥子は、涙を流しながら、笑顔を作った。

「そうです、淋しかったんです、私、ずっと」

「実弥子先生……」

英里子もつられて泣いている。

「英里子さんも、なぜ泣いてるんですか？」

「そりゃあ、だって、私も、淋しかったですから。お相伴《しょうばん》させていただいて……」

そう言いながら、笑った。二人で泣きながら、しばらく笑った。

＊

八月の終わりになって、登美子と真由子の親子がまた、教室にやってくるようになった。

「まだまだ暑いけど、せっかく芽生えかけた絵心がしぼんじゃいますからねえ」

登美子が扇子で首元をあおいでいる。

「二人でいるより、みんなといる方が、気持ちは涼しいわ」

真由子も、扇子を使っている。

「あーあ、大人になりすぎた娘って、嫌みよねえ」

「嫌みで悪かったですねえ」

「それ、親子げんかですか？」

アトリエにやってきた季ちゃんが声をかけると、「あらやだ、けんかじゃないわよ」と植原親子が同時に答えたので、隣でずっと見ていた俊子が噴き出した。

「あらやだ」

俊子に向かって、親子がまた同時に声を出した。

夏休み最後のその日の教室には、受講生が全員顔を揃えていた。

「今日は、教室のみなさんが全員集まったので、課題を出す前に、提案を一つお伝えします」

「ていあん？」

ゆずちゃんが首をかしげた。

「提案っていうのはね、こういうことをしたいなあという案を出すことだよ」

実弥子がやさしい声で言った。

「この間の心の中の夏を描いてもらった作品、ほんとうに、とってもよかったです。傑作ばかりでした」

アトリエに、満足そうな表情があふれた。

「こういう絵は、教室の仲間だけじゃなくて、いろんな人に見てもらえたらいいなあ、と思ったんです。それで、秋になったら、みんなで絵の作品展をしてみようと思うんです」

「どこか、場所を借りるんですか？　公民館のようなところとか？」

俊子が訊いた。

「そうですね、このあたりでなるべく安く借りられそうなよい場所があったら、と思っていて。登美子さんと真由子さんは、この辺のことお詳しいですよね」

「そうですねえ……」

真由子が答えながら、アトリエを見回した。

「ここを、そのまま使ってもいいんじゃないかしら」

「ここを？　アトリエで展示するということですか？」

「わあ、おもしろそう！」

まゆちゃんが高い声を出した。

「部屋ぜんぶつかって、いろいろ飾れる！」

「それ！　賛成です!!」

季ちゃんが、手を挙げて立ちあがった。

「確かに、ここをそのまま展示会場にするというのは、いいアイディアだわ。この場で作って
そのまま飾れるなら、大きな立体作品にも挑戦できそうだし」

「先生、立体作品って、なんですか？」

空也くんが手を挙げて質問した。

「彫刻とか、針金アートとか、要するに、紙に描いた絵のような平面のものではない作品のこ
と。３Ｄの作品って言った方が君たちにはわかりやすいかな？」

「あ、オレ、それ、つくりたい、恐竜にする」

春信くんが手を挙げた。

「恐竜かあ。いいねえ。私もそれ、手伝うよ」

麗奈も手を挙げた。

「こう見えて、すごく恐竜に詳しいんだよ、私」

「私は、恐竜は苦手だなあ」

俊子がぽつりと言った。

「小鳥とか、もうちょっとかわいいものがいいかなあ」

「鳥の先祖は、恐竜って言われてますよ。脚が似てるでしょ」

麗奈が俊子のそばでささやくように言った。俊子は一瞬はっとしたが、すぐに「そういう問題ではありません」と言って背筋を伸ばした。

「立体作品のことは、私が今思いついただけなので、なにを作るかはおいおい考えていくとして、作品展はこの〝アトリエ・キーチ〟で工夫して行うということにしたいと思います」

実弥子がそう言うと、「わーい」という子どもたちの歓声と拍手が起こった。

「さて、今日は、せっかく全員揃ったので、みんなで描いた絵をつなげて、巻き絵を作ってもらおうと思います。こんな感じです」

実弥子は、手作りの巻き絵を高く持ち上げ、留め具をはずして長い紙を垂らした。

「あーテレビで見たことあるー」「時代劇のだー」と子どもたちが次々に声を出した。

「そうです、まさに、それ！　昔の人は、物語とか、季節の移り変わりなどを、紙をつなげてこんなふうに一枚にまとめて楽しんでいたのね。それを今日はみなさんで作ってみましょう。今日は、それぞれが楽しいなと思う街や村の風景を描いて下さい。そこには道があって、いろんな人がそこを歩いていますね。あとでつなぎ合わせて街や村の道がつながる巻き絵に仕上げたいんです」

「わあ、いいなあ。私はどんな街を描こうかなあ……お店があって、公園があって……」

まゆちゃんがつぶやいている横で、ゆずちゃんが「動物もかきたい！」と叫んだ。

「もちろん描いてもいいですよ。いろんな動物が歩いていても、楽しそうだね」

実弥子がゆずちゃんの頭をなでた。

「この中に収まるなら、なにを描いても大丈夫です！」

実弥子は、模造紙を切って作ったやや横長の紙を取り出した。

「いつもの画用紙だとあとで一つにまとめるには厚すぎるので、今日はこれを使います。なにをしている絵でもいいですが、必ずどこかに郵便屋さんを描いて下さいね。いろんな街や村を抜けて、郵便屋さんが、手紙を運んでいるんです。遠いところに住んでいるお友達へ、おばあちゃんへ、好きな人へ、いろんな人の書いたいろんな手紙が、絵の中で運ばれていくんです」

「わあ、すてき！」

麗奈が大きな声を出した。

十人の頭の中で、それぞれの景色の中を、それぞれの郵便屋さんが横切っていった。

「まずは、いつもの画用紙に、横長の画面を作って、鉛筆で構図を考えてみて下さいね」

実弥子が、画用紙の上下に余白を取ったものを持ち上げてみんなに見せた。

（みんなの頭の中の街が一つにつながる……）

麗奈は、空中でゆらゆらとアニメーションのようにゆれる紙を想像した。様々なタッチの絵で描かれた街の中の道で、制服を着た郵便屋さんが、汗をかきながら赤い自転車を漕《こ》いでいる。

「実弥子先生が言うような、すてきな手紙ばかりが配達されているとは限らないわね」

登美子がぼそっと口にした。

「お母さん、どうしてそんな後ろ向きなことを言うの？」

真由子が小声でたしなめるように言った。

「だって……、嫌な手紙が来ることもあるでしょ、人生長くやっていると。裁判の呼び出し状とか」

「ええ!?　そんなの送られてきたことがあるの？」

「私はないわよ。そういうことがあったお友達がいたのよ。なんだかわからないけど、訴えられてたらしくて」

「なにもそんなこと、今思い出さなくても……」

「そういうのも交じってるって思うと、郵便屋さんの袋も味わい深いじゃないの」

「やだ、そこまで考えるの、夢がなさすぎる」

「現実の厳しさがあるから、夢が美しいんじゃない」

植原親子の会話を横で聞いていた俊子が、がまんできなくなったように、噴き出した。その俊子が鉛筆で描いている下書きには、二本の道が平行に走り、道以外の空間には、雲が浮かんでいる。

「俊子さん、それは、空の上に浮かんでいる道ですか?」

実弥子が声をかけた。

「いえいえ、この、道の横の空に見える部分は、実は、空じゃないんです。空を映した水なんですよ」

「あ、じゃあ、水の上に道が走っている街なんですね」

「そうです」

俊子が満足そうに微笑んだ。

「最初にここで絵を教えてもらったときに、指に絵の具をつけて、放課後の空を描いたことを思い出したんです」

「ああ、そういえば。俊子さんがここで初めて描いた絵、とてもいい絵でした」

実弥子は、教室を開いたばかりのころを思い出して、じわっと胸が熱くなった。

「ありがとうございます。ここで絵に描いた空のことを思い出していて、そういえば、あの空の上を歩いてみたいって思ったことも思い出したんです。空を直接歩くことはできないけど、空を歩く気持ちになれる街があったらいいだろうなって。鏡みたいになった水に映った空を思いついて」

「すてきですね」

「一本は、歩行者用で、もう一本が、産業用道路で、郵便屋さんは、こっちをバイクで走っています。水の上に浮かんだ建物には、それぞれの専用の小舟で渡ります」

「わあ、おもしろーい！　夢を見てるみたい！」

いつの間にか俊子の絵をのぞいていた季ちゃんが声を上げた。

「えへへ、季ちゃん、ありがとう。季ちゃんは、どんな街を描いてるの？」

「私はね、これ」

季ちゃんの絵には空を貫くような高層ビルがたくさん建っていた。

「すごいね、超都会だね」

俊子が感心したように目を見開いた。

「そう、だから、郵便屋さんは、空飛ぶ車に乗ってることにしました」

「SFの世界だね」

「はい、『スター・ウォーズ』に出てきた街みたいな。でも、戦争はしてないよ。太陽エネルギーを有効活用できる技術を持っているから、争ったりせずに、みんな余裕で楽しく生きてるんです」

ユニークな形の高層ビルの間に、小さな赤いオープンカーが飛んでいる。季ちゃんは、そのオープンカーに、丸い袋をぶら下げた。

「ここに手紙が入ってる」

「サンタさんのプレゼントの袋みたいだね」

「もちろん、プレゼントとかも入ってるよ」

季ちゃんが、にかっと笑った。


画用紙をしばらくじっと眺めていたルイは、ぱっと立ち上がると、まっすぐに台所に行き、冷蔵庫を開けて、中をのぞき込んだ。おやつの用意をしていた英里子が「どうしたの?」と声をかけると、ルイが「やさい！」と叫んだ。

「野菜？　野菜の絵を描きたいってこと？」

ルイがこくりと頷きながら、冷蔵庫からにんじんときゅうりとピーマンとかぼちゃを次々に取り出した。かぼちゃは、すでに半分に切ってラップがぐるりと巻かれたものである。

ルイは、最後に手にしたかぼちゃを両手で持って、じっと見つめた。ルイが開けたままになっていた冷蔵庫の引き出しを英里子が閉めた。

「冷蔵庫は、開けっぱなしにしちゃダメよ」

相変わらずかぼちゃを見つめながら、ルイが無言で頷いた。

「そんなにかぼちゃがおもしろい？　もしかして、中身が見えるから？」

英里子がそう言うと、ルイは一瞬はっとしたような表情になった。英里子の顔を見上げると、うれしそうに笑った。

「これ、ぜんぶ、切って」

「全部？」

ルイは、英里子が縦に半分に切り分けた野菜をまな板に並べて、絵を描くローテーブルの上に置いた。そうして、野菜の断面を建物に見立てた街を描いていった。縦割りのきゅうりとにんじんは、細長い塔のような高層ビル。豪華なかぼちゃの一軒家。ピーマンの断面は、ブロックのようにいくつも重ねられて、丸みを帯びたワンルームマンションに。道には、ミニトマトの顔の郵便屋さんが、手紙のたくさん入った鞄を持って走っている。

「やさいのまち、おいしそう！」

ゆずちゃんが言った。

「手紙にはね、やさいの種が入っているんだよ」

ルイが、ゆずちゃんの顔を見ながらやさしく言った。

ゆずちゃんの描いた街は、うさぎやねずみやリスやくまなどのたくさんの動物たちが花の咲く原っぱをのんびりと散歩している、公園のような街。カンガルーの郵便屋さんが、お腹の袋にいっぱいの郵便物を入れてぴょんぴょん跳ねている。

「カンガルーさんはね、ポケットの中の手紙のあいての名前をぜんぶ覚えてて、道ですれちがったら、そのひとに、はい、って、ちょくせつわたすんだよ。ほら、このへびさんは、郵便屋さんからお手紙をもらって、お家にかえってるところ」

ゆずちゃんが、自分の絵をルイに見せながら、説明しているのをまゆちゃんが後ろから見守っている。まゆちゃんの手には、ケーキ屋さんや八百屋さん、魚屋さん、文房具屋さんなど、たくさんのカラフルなお店が並んでいる商店街が描かれた絵が握られている。郵便屋さんは、赤いスカーフを風にはためかせながら、赤い自転車で風を切って走っている。

春信くんは、大好きな恐竜の街。トリケラトプスやティラノサウルスやステゴサウルスなどの、たくさんの恐竜が走り回っている。空をゆうゆうと飛ぶ翼竜《よくりゅう》のプテラノドンが、郵便屋さん。

空也くんは、雪男たちの住む雪と氷の街を描いた。あんまり毎日暑いから、逆に冷たい世界を描いたのだそうだ。犬ぞりで雪野原を走っている雪男が、郵便屋さん、とのこと。ごきげんな表情で片手を挙げていて、手紙を一つ持っている。


その日の夜、実弥子はそれぞれの作品を巻き絵として丁寧につないだ。つなぎながら、連綿と流れる時間と、どこまでも広がる空間を超えて届けられる手紙を感じていた。

(私も、手紙を運ぼう)

実弥子は心の中でつぶやくと、その日受講生たちに配った模造紙を取り出し、鉛筆でひとすじの線を引いた。

＊

九月になり、子どもたちの長い夏休みが終わった。

夏休み明け最初の登校日の朝、英里子は仕事を休み、ルイにつきそって学校に向かった。靴置き場に自分の靴を入れたあと、ルイはちらりと英里子に視線を向けた。英里子が反射的に笑顔を見せると、ルイはすばやく視線を戻し、上履きに履き替えて校舎の中へすたすたと入っていった。

英里子は、ルイの姿が見えなくなるまで見守ると、深呼吸をして戻っていった。

「ルイくん、無事に学校に行けたんですね」

学校から戻ってきて、アトリエにぼんやりと座った英里子に、実弥子が話しかけた。

「はい。今日は何事もなかったように登校しました。この家に寄せていただいてから、すっかり落ち着いた気がします。ほんとうにありがとうございます」

「お役に立てていたら、うれしいです。でも、実は私も、一人でイラストレーターの仕事とアトリエ・キーチを維持するのは心細かったので、英里子さんとルイくんがずっと一緒にいてくれて、助かっているんですよ。今、ルイくんがいないだけで、ちょっと淋しいです」

「先生、今日の学校は、午前中だけだから、すぐ帰ってきますよ」

「そうですね、よかった。あ、でも、こんなことでよかったなんて言ったら、学校に行かない方がいいとルイくんが思っちゃうかもしれないかな」

「そんなこと……」

英里子はそう言ってから言葉につまり、立ち上がった。

「大丈夫ですよ」

そうきっぱりと言う英里子を、実弥子がまぶしそうに見上げた。

「あの子、頑固だから、人に影響されて変わることはないと思います。自分が、行きたいと思えば行くし、思わなければ、行かない。あの子には、しっかりと自分というものがあるんだなって、わかりました」

「確かに、自分というものが、ありますね、ルイくん」

「だから、もう、なんでなんで、って思わないようにしようと思うんです」

「そうですよねえ」

実弥子も立ち上がり、アトリエの道具の整理を始めた。

「いろいろなことに理由はあるのかもしれないけど、上手に言葉で理由づけできるとは限らないですもんね。私も自分がなんで今こうしてここにいて、こんなことをしているのか、理由はうまく説明できません。ルイくんと英里子さんに、この家に住むようにすすめたことも、なんとなく、としか」

「なんとなく……。私も、先生にすすめられたとはいえ、どうしてこんなあつかましいことができたのか、よく考えると信じられないんですけど、なんとなく、と言ってもらえたら、私もなんとなく来たのかなあ、と思えて、楽になれます。なんとなくって、案外いい言葉ですね、なんとなくですけど……」

英里子は笑った。実弥子も少しつられる。

「じゃあ英里子さん、この新聞紙、なんとなく、ちぎってくれますか？」

実弥子は、英里子に新聞紙の束を手渡した。

「なんとなく、ちぎる？」

手渡された新聞紙を広げつつ、英里子が少し不思議そうな顔をした。

「ちぎった新聞紙を風船に糊で貼り付けるんです」

そう言って、実弥子は、手に取ったピンクの風船に息を吹き込んで、赤んぼうの頭くらいの大きさに膨らませた。

「その風船に、新聞紙を貼り付けるってことですか?」

「そうです、この表面にちぎった新聞紙を糊でぺたぺた貼り付けて重ねていきます。風船を型にして張り子を作るんです。新聞紙の上に和紙を貼って乾かして、風船を取り出して、色付けして、ニスを塗って仕上げます」

「張り子って、そんなふうにして作るんですね」

英里子は、実弥子の話を聞きながら、渡された新聞紙をびりびりと裂き始めた。

「いろいろなやり方があるみたいですけど、風船で形を作れば簡単にできるので。英里子さん、試しにやってみます?」

実弥子に風船を差し出されて、英里子が小さく、え、と声を漏らした。

「そうですね、正直私、絵は自信がないんですけど、手先を動かす仕事は好きなので、これなら、楽しく作れそうです」

「よかった。英里子さんの作品を、教室で説明するときに見本にしますね」

「いえ、私の作品が見本だなんて」

「大丈夫! 私も一緒に作りますから、順番にやっていけば、きっとできますよ」

「そうでしょうか。それにしても、新聞紙を思いっ切りこうやってちぎるのは、なんだか楽しいです」

「そうでしょう。ちっちゃい子がやりたがるのが、やってみるとよくわかるでしょ」

「はい。子どものときの感覚を呼び戻すような感じがしますね。それに、なんだか、考えなくてもいいことを、どんどんちぎってなくしていっているみたいです」

「それはよかった。それでは、私はこっちを」

実弥子は、新聞紙の上に貼る和紙をびりびりとちぎった。


風船の張り子に厚紙で作った丸い耳をつけて実弥子はねずみを作り、英里子は、楕円を生かして白いおばけを作った。おばけの顔を描くときに力を入れすぎたのか、少しへこんでいる。

実弥子が、英里子が作ったものだと教室で紹介すると、ルイは、それを手に取り、全体を確認するようにゆっくりと手の中で回して眺めた。

「おばけ、かわいい〜」

おばけ好きの季ちゃんがルイの手の中をのぞき込んで高い声を出すと、ルイの頬に小さなえくぼが浮かんだ。

作りたいものに合わせて風船の膨らませ方を調整したので、教室には、様々な大きさの張り子の土台が並んだ。動物をモチーフにしたものには、厚紙で耳やしっぽが貼り付けられている。次回、糊がすっかり乾いてから中の風船を取り出し、着色する予定である。

「これが仕上がったら、作品展のために、みんなでもっともっと大きな張り子を作ります。どんな形のものを作るか、みんなで決めたいと思うので、考えてきて下さいね」

「はーい、先生、質問です」

季ちゃんが手を挙げた。

「はい、なんでしょう」

「それは、風船みたいに丸いものでなくてもいいですか？」

「季ちゃん、いい質問ですね。そうです、みんなで作るものは、風船では作りません。だから丸くなくてもいいです」

「あら、じゃあ、どうやって作るのかしら？」

登美子が訊いた。

「なにを作るかにもよりますけど、今のところ、新聞紙や広告の紙などをくしゃくしゃっと丸めて、作りたいもののだいたいの形を作って、それをテープで固定して土台を作ろうと思っています。だから、お家にいらない紙があったら、できるだけたくさん持ってきて下さいね。大きな張り子は、教室の共同作品として、作品展の目玉にしようと思います」

「先生、大きいって、どのくらい大きいの？」

空也くんが両手を広げた。

「そうだね、この部屋いっぱい、天井につかえちゃうくらいでもいいかもね」

「まじ!?　すげえ」

「実弥子先生」

俊子がささやくような声で言った。

「はい」

「そんなに大きいの作ったら、他の作業ができなくなると思いますよ。それから、みんなの作品を、どこに、どのくらい展示するか、ちゃんと考えていますか？」

「そうねえ……」

実弥子は、アトリエをぐるりと見回した。すでに作りかけの風船の張り子が作業スペースのほとんどを占領している状態である。その一つを、実弥子は手に取った。

「この子たちは、とりあえず……」

実弥子は天井を見上げた。

「つるしますかね。軽いから」

俊子が笑った。

「実弥子先生は、昔からちょっと適当なとこもあるよねえ」

「あの……」

麗奈がそっと手を挙げた。

「作品展って、それで、いつやるんですか?」

「えっと、立体作品を仕上げて、これまでの作品も持ち寄って……秋のうちには」

「日程、早く決めちゃいましょうよ。決まったら、私、パソコンでチラシを作ったり、配ったり、しますよ。私、そういうの、できるんです」

「麗奈ちゃん、告知のことまで考えてくれて、ありがとう。そうね、せっかくだから、いろんな人に見てもらえるといいわね」

「ウェブサイトも、作っていいですか?」

「それは、今まで考えたことがなかったんだけど」

「作りましょうよ。私、サークルのサイトを立ち上げたこともあるので、簡単なものなら、作れます」

「そうなのね。麗奈ちゃん、頼もしい」

「ぜひ、作りたいです。この教室のことも、作品展のこともみんなに知ってほしいし、実弥子先生のお仕事のことも紹介したいし、それに、希一さんの絵のことも、もっともっと伝えたいです」

「希一の絵……」

「二階の絵、どれもとてもすてきでした。実弥子先生だけしか見ることができないなんて、もったいないです！」

「いいねえ、麗奈ちゃん。さすがアイディア豊富な若者だね」

俊子も麗奈に賛同した。

「そうね、この教室には、自然に人が集まればいいなと思っていたけど、みんなの作品や希一の残した作品については、できるだけたくさんの方に見てもらいたいから、麗奈ちゃんの提案、とても助かります。じゃあ、告知は任せた。よろしく！」

実弥子が麗奈の両肩に手を置いた。

作品展は、十一月の二週目の土曜日と日曜日の二日間にわたってアトリエで開かれることになった。

みんなで作る巨大張り子は、作りたいものを話し合った結果、「あたらしいいきもの」になった。耳やしっぽや手脚、目など、身体の一部分のデザインをそれぞれで考えて一つに合体し、これまで見たことのない「あたらしいいきもの」を作るのだ。

まずくじ引きで担当する身体の部位を選び、一人一人が考えたその身体の一部分のデザインを合体させて一匹の「いきもの」の形を作りあげる。

デザインを一つにまとめて紙に描く作業は、実弥子が受け持った。まゆちゃんの考えた、カモノハシのような丸みを帯びたくちばし。季ちゃんの考えた、こぶたのような短い鼻。麗奈の考えた、三分の一くらい下がったまぶたに睫毛が三本ずつ生えている、ちょっと眠そうな目に、俊子の考えた、キツネのようなとがった耳。頭には、ゆずちゃんの考えた、先がくるんと丸まった角《つの》が生えている。背中は春信くんの担当で、彎曲《わんきょく》したその背には、ステゴサウルスのような骨の板が生えている。真由子のデザインした前脚は、アシカの前脚のようにひれがついていて、空也くん担当の後ろ脚は、犀《さい》の脚のようにがっちりしたもの。登美子の考えた胴体は、羊のようにもこもことしている。しっぽはルイの担当で、しましまでちょっと太めの猫のしっぽのようだった。

とんでもないキメラだな、と実弥子は思った。

「これを張り子でどこまで表現できるかわからないけど、できるかぎりこの形に近づくように、みんなでがんばって仕上げていきましょう！」

実弥子は、壁に「あたらしいいきもの」のデザイン画を貼った。

その様子を少し離れたところから見ていた英里子が、「あの……」と声をかけた。

「今さらなんですけど、この肩のあたりに、翼《つばさ》を加えてもいいですか？」

実弥子が、紙を押さえたまま振り返って、笑みを浮かべた。

「翼、いいですね」

「とっても小さいものでいいんです。翼の名残《なごり》のような」

遠慮がちに英里子が言った。

「それもすてきですね！　ぜひ、思った通りの翼を描いて下さい」

実弥子が答えると、英里子はうれしそうに頷いた。

「針金とかを使ってなんとかしますよ。このぽっちゃりした奇妙な子が、空も飛べると思ったら、楽しいです」

実弥子が重ねて言うと、「飛べるかどうかまでは……」と英里子が眉間に皺を寄せて少しうつむいた。

「飛べるよ！」

ルイが、大きな声で言った。

「飛んで飛んで、海の上も飛んでいくんだよ！」

「おおすげえ、渡り鳥みたいだ」

空也くんが言った。

「翼、今、描きます」

英里子はそう言うと、画用紙を広げて、鉛筆を手に取った。皆が英里子のまわりに集まってきたが、英里子は集中して、翼の絵を描いた。宗教画に出てくる天使の背中についている翼のような形だった。

「これが、肩にちょこんとついている感じでお願いします。小さくてもとても力強くて、飛ぶこともできるってことで」

うれしそうな表情を浮かべて、英里子は実弥子に翼の絵を描いた紙を手渡した。

「わかりました」

実弥子は、その絵をしばらく見つめたあと、壁の「あたらしいいきもの」に翼を描き足した。

翼を得た「あたらしいいきもの」は、空にふわりと浮かんでいるようにも見えてきた。

「この子、いつもはどんなところにすんでるのかな」

ゆずちゃんが不思議そうに言った。

「そうねえ、どこに住んでいるのかなあ」

実弥子が応えた。

「森？　草原？　いや、岩場かな」

季ちゃんが、真剣に考えている。

「この〝あたらしいいきもの〟が、どこに住んで、なにをしているのかを考えるのは、創作する上で、とてもいいことです。頭の中で考えた生き物を、想像上とはいえ、この星のどこかに息づかせてあげられるってことですよね」

先生がまたハードルを上げている、と真由子は心の中で考えていた。てのひらサイズの風船の張り子を作るのにもとても苦労した真由子は、気が遠くなる思いがしたのだった。そんな真由子とは対照的に、「いいねえ」とつぶやきながら、麗奈が目を輝かせた。

「じゃあ、これがこの子の完成予想図ってことで、チラシ用の写真を撮ります」

麗奈は、持参したカメラで「あたらしいいきもの」のデザイン画を撮った。撮りながら、

「ねえ、この子、名前ないの？　名前がほしいなあ。〝あたらしいいきもの〟じゃなくて、この子の名前」と言った。

「確かに、麗奈ちゃんの言う通り、名前は必要よ」

俊子が同意し、他の受講生たちも、「うん、うん」と言いながら頷いた。

「そうですね、名前をつけましょう。私たち一人一人に名前があるように、この子にも」

実弥子が、全員の顔を見わたしながら言った。

「思いついた名前を、言ってみて下さい」

「うーんとねえ、おはながぶたちゃんだから、ぶーこちゃん」

ゆずちゃんが笑いながら言った。

「やだあ、それじゃあしまらないよ」

まゆちゃんが即座に反対した。季ちゃんが絵に顔をぐいっと近づけている。

「これって、結局どんな動物のジャンルに入るんでしょうね。鳥のようでもあり、獣のようでもあり、恐竜みたいでもあるし、前脚なんて、アシカとかの海獣《かいじゅう》ですよね」

「ほんとね、ウルトラマンとかに出てきそうねえ」

真由子が感心すると、季ちゃんが、「そっちの怪獣という意味じゃなかったですけど、確かに、特撮物の怪獣っぽいです」とすかさず訂正しつつ同意した。

「じゃあ、ガメラとかモスラとかキングギドラとか、そういうの？」

俊子が言うと、春信くんと空也くんがわははははは、と笑い出した。

「えー、怪獣はなんだかやだな。悪役側じゃなくて、ヒーロー側がいい」

写真を撮り終えた麗奈が言った。

「せっかく英里子さんが翼をつけてくれて、海を渡るイメージができたんだからさ、冒険の旅に出ていくような名前がいいよ」

「冒険かあ……」

季ちゃんが、腕を組んで考え込んだ。

「マリンちゃん！」

ゆずちゃんが突然叫んだ。

「マリンって、海っていういみだって、お母さんがおしえてくれたよ」

「マリンちゃん、かわいいわね」

俊子が目を細めた。

「うん、かわいい。でもさ、それだと、海のイメージは出るけどさ、空を飛ぶような感じがないよね」

季ちゃんが腕を組んだままつぶやいた。

「じゃあねえ……」

実弥子が画用紙を一枚取り出し、「マリン」と鉛筆で書き入れた。

「これに一人一文字ずつ、みんなで足していきましょう。じゃあ、まず、ゆずちゃんのお姉ちゃんということで、まゆちゃん。これに一文字、足してみて」

画用紙と鉛筆を手渡されたまゆちゃんは、戸惑った。

「え、え？　これに、一文字足すの？　なんでもいいの？」

「うん、なんでもいいよ。次につなげたら気持ちがいいなあ、とか、おもしろいなあ、とか思った音を入れてみて。そこにある文字と同じのを入れてもいいんだよ」

まゆちゃんの耳元で実弥子がやさしく言った。教室のみんなは、二人の様子をじっと見ている。

「マリン……の、次の一文字……。なんだろう。わあ、緊張しちゃう」

額に浮かんできた汗を、まゆちゃんが手でぬぐった。

「ト、かな」

「マリン」の文字の下に、まゆちゃんの「ト」の文字が入った。

「うん、いいね」

実弥子に言われて、まゆちゃんがほっとしたように息を吐いた。

「じゃ、まゆちゃんから、次の人に回して」

「誰でもいいんですか?」

「いいわよ」

「えーと、どうしよう……」

まゆちゃんが、顔を上げてきょろきょろとあたりを見回した。一番後ろの方からこっちを見ていたルイと目が合った。まゆちゃんは、反射的に「ルイくん」と名前を呼んで、画用紙を高く掲げた。

画用紙を受け取ったルイは、「マリント」と続いた文字を眺めて、軽く首をかしげたあと、「ロ」と書き足した。

そのあと、春信くん、空也くん、季ちゃん、登美子、真由子、俊子、麗奈、そして英里子に回り、その名前は「マリントロサスイノコピッキ」になった。

「いいねえ、かわいい名前になった!」

画用紙の上の、それぞれの筆跡の鉛筆の文字を、実弥子は満足そうにしばし眺めたあと、「あたらしいいきもの」のデザイン画の下に貼った。

「ゆずちゃん、読み上げてみて」

「マリントロサスイノコピッキ」

ゆずちゃんが、ゆっくりとかわいい声で読み上げた。空也くんが「なんだそれー」と笑いながら言うと、「わけわかんなーい」と春信くんも、つられるように笑った。

「うん、確かにわけわかんないけど、国籍不明な感じは、いいと思います」

みんながつられて笑う中、季ちゃんは名前をしげしげと見ながら、まじめな顔で言った。


麗奈が作った「アトリエ・キーチ」のウェブサイトは、アトリエの紹介と作品展の告知のために立ち上げたものだが、麗奈のアイディアで、実弥子のイラストレーターとしての仕事の記録と、金雀児希一の作品紹介のコーナーも作られることになった。

麗奈は、持参したノートパソコンで、それぞれのページを開いて、実弥子に説明しながら確認を取った。

「いいねえ、麗奈ちゃん。ほんとに助かるわ。今の時代、絵描きもオンライン上でアピールできないと、世の中からおいてきぼりになっちゃうみたいで」

「そうですよ」

「希一の絵を、いろんな人に見てもらえるのはうれしいな。本人が生きてたら、やらなかったかもしれないけど……」

希一の作品ページには、実弥子の手元にあるクロッキー帖の作品の一部をデータ化したものを掲載している。少しずつデータ化をすすめ、いずれは、希一の主だった作品を管理している画廊と連絡を取り合って、レビューしていこうと検討中である。

「で、作品展のチラシのデータは、トップページを開くとすぐに出てくるようにしてあります」

二人は、「アトリエ・キーチ」の最新情報として貼り付けられた画像に、改めて見入った。

「第1回アトリエ・キーチ作品展」のタイトルの下に、〝あたらしいいきもの・マリントロサスイノコピッキに会いに来てね！〟というキャプションと共に「あたらしいいきもの」のデザイン画が大きく貼り付けられていて、目を引く。日付や地図などの情報の他には、これまでに教室で描かれてきた様々な絵の画像が切り貼りされて、絵が楽しそうに踊っているようである。

「こんなにすてきなデザインのチラシが作れるなんて、さすが、希一の妹さんね」

「それはおこがましい気がしますけど、希一さんの妹ってことは、誇りに思うことにします」

「このチラシを見た人はみんな、楽しみにしてるって言ってくれましたよ」

「はい、うれしいです！　だけど、実弥子先生……」

「ん？」

「あの、マリントロくん……、仕上がりますか……？」

実弥子にたずねる麗奈の眉が、少し下がっている。二人の前には、ガムテープでぐるぐるとまとめられた、巨大な新聞紙のかたまりが鎮座《ちんざ》している。正式名がなかなか覚えられず、「マリントロ」という呼び方がみんなの間で定着しつつあった。

「そうね。実はこんなに大きなの作ったことがなくて、正直ちゃんとできるかどうか、全くわかんないの。一人一人、一生懸命考えてくれたパーツを大事にしなくちゃいけないと思うんだけど」

そのとき、がらりと玄関の戸を開く音がした。

「ただいま！」

ルイが学校から帰ってきたのだ。かけよるように二人に近づいてきたが、はあはあと息がすっかり上がっている。

「ルイくん、もしかして、学校からずっと走ってきたんでしょう」

麗奈に聞かれて、ルイが荒い息をしながら何度も頷いた。額からたくさんの汗が噴き出している。

「ルイくん、はりきりすぎだよー。まずは落ち着いて、深呼吸して、汗拭いて、お茶を飲んで」

実弥子が奥に連れていこうとしたが、ルイは首を振って汗を飛び散らせると、張り子の型の新聞紙のかたまりにぎゅっと抱きついた。

「百年ぶりに恋人に出会ったみたい……」

麗奈がつぶやいた。

「こんちはー」

「こんちはー」

春信くんと空也くんもやってきた。

作品展まで十日を切ってから、総仕上げのために、曜日に関係なく可能な日は来て制作してもいいということにしたので、こうして毎日のように誰かが来るようになったのだ。

「さて、今日もがんばらなくちゃね」

実弥子が腕まくりをした。

＊

真夜中の部屋で、実弥子は目を覚ました。

目をしっかり見開いているはずなのに、なにも見えない。

不安感で胸が押しつぶされそうになる。しかし同時に、そうだ、ここはそういうところだったのだ、と思う。街灯などない山奥にいるのだから。

わかっていても、失明したかのように感じられるこの漆黒《しっこく》の闇に、実弥子はいつまでも慣れなかった。見えないということの恐怖が身体を圧迫してくるようで、闇の中で息ができなくなる。どうか真夜中に目が覚めたりしませんように、と願いながら床につき、それでも目が覚めてしまったときは、手を伸ばして隣で眠っている希一の手を探し、眠りをさまたげないようにそっとその手を握った。希一の少しかさついた大きな手は、いつも自分よりも少しだけあたたかかった。

意識的だったのか、反射的なものだったのかはわからないが、希一はゆっくりとやわらかく手を握り返してくれた。そうしていつの間にかふたたび眠りに落ちた。

その日も、やはり夜中に目が覚めて、手を伸ばして、その手にふれた。そのときは、いつものようにあたたかかったのだ。

しかしその朝、目を覚ましたとき、希一はその心臓を止めてしまっていた。

なんの前触れもなく、声ひとつたてず。

手はすでに冷たくなっていた。

どうすることもできなかった。ただ青ざめるばかりで、希一にかける言葉も見つからなかった。暗闇の中で見ている悪い夢なのだ、と思いたかった。なにもできない、なにもできない、なにもできない、と自分のあまりの無力さに絶望するしかなかった。

一人になって、つないでもいい手を失ったあとの暗闇で、実弥子は何時間も眠れないまま過ごした。暗闇の苦しみの中で、なぜ自分はここにいるのかをずっと考えていた。

希一がそうしたいと言ったから。それ以外にない、と実弥子は断言できる。

無力感ならば、大学にいたころからずっと持っていた。自分には、心の奥からつきあげるような強い表現欲求のようなものがない。個性あふれる美術大学の学生たちに圧倒されながら、そう思っていた。手先が器用でまじめに勉強したからここに来られただけだ、自分にはほんとうにやりたいことなどないのではないかとぼんやりと感じるようになったころに、希一と知り合った。自分と違って、希一は、やりたいことだらけだった。驚き、戸惑いながらも、巻き込まれて一緒になにかをすることは、純粋に楽しかった。

だから、恋人になり夫婦になり、闇の深い山林での暮らしについていった。慣れないことばかりだったけれど、日々やるべきことに満ちていた。過ぎていく時間の一つ一つが新鮮だった。生きていくための作業と創作活動は同じ時間の中の、同じ空気の中で自然に溶け合った。

畑の植物が芽を出し、新しい緑を生長させていくことと、自分たちの指の先から紙の上にイメージを定着させていくことはとてもよく似ていたのだ。

作品展の前日の夜、実弥子は浅い眠りと覚醒《かくせい》を繰り返しながら、希一と過ごした山の家での夜のことを思い出していた。思い出すうちに頭がだんだん冴えてきたため、深呼吸を一つしてから、起き上がった。

山の家と違って、窓から街灯の光が漏れてくるため、電灯をつけていなくても全くなにも見えないということはない。暗闇の中でそっと立ち上がると、枕元にいつも置いてある懐中電灯を手に取って足下を照らしつつ、音を立てないように階段を下りていった。

アトリエに、たくさんの丸いものがぶら下がっているのがわかる。風船で作った張り子を天井からぶら下げているのだ。深海にいるみたいだ、と実弥子は思う。

「どうなることかと思ったけど、なんとか間に合った。よかった……」

床には段ボールで作ったパーティションが迷路を形成するように置かれ、これまでに受講生が描いてきた作品が飾られている。迷路の最後には、様々な街を郵便屋さんがつなぐ長い巻き絵が貼られ、壁とつなげられている。巻き絵の最後は、実弥子と希一が暮らした山の一本道につながっている。

そして、その壁の前には、どーんと不思議な「いきもの」の張り子が鎮座しているのだった。羊毛をちぎって貼り付けたもこもこした身体に、カモノハシの黄色いくちばし、こぶたの鼻、長い睫毛のまぶたが少し下がった眠そうな目、とがったキツネの耳、くるんと丸まった角、背中にはステゴサウルスの骨の板、アシカの前脚、犀の後ろ脚、お尻にはしましまの猫のしっぽ、そして白い小さな翼。それぞれ厚紙や粘土、廃材などにアクリル絵の具で彩色して仕上げている。

形はがたがたで、それぞれのパーツもなんとか本体に貼り付いている状態だったが、実弥子の身長を追い越しそうなほど巨大な張り子は、圧倒的な迫力があった。

実弥子はその顔に、懐中電灯の光を当てて、しげしげと眺めた。

「マリントロサスイノコピッキ」

やっと覚えられたその名前を呪文のようにとなえた。

(みんな「マリントロ」って呼んでるけど、たまにはフルネームで呼んであげなくちゃね)

そう思ったとき、そのマリントロが、がさりとひとりでに動いた。驚いてひゃっと声を出し、かざしていた懐中電灯を取り落とした。すぐに拾おうとしゃがんだところで、張り子の後ろから、黒い頭がのぞいた。

心臓が飛び出しそうになったが、よく見ると、見慣れた顔だった。

「ル、ルイくん……!?」

黒い頭はルイだったのだ。マリントロの背後から、ゆっくりと這い出してきた。

「びっくりした。ずっとそこにいたの?」

ルイは頷きながら、目をこすった。

「マリントロと、寝てたの?」

ルイは顔を上げて一瞬にっと笑ったが、すぐにはずかしそうに首を横に振りながら実弥子に近づいた。そのまま身体をあずけるように密着すると、実弥子の手を取って握った。

「ルイくん……」

実弥子はやさしくその手を握り返した。母親でもない自分が、こんなことができるのも、この子が小さな少年である今だけなのだろうな、と思う。

「先生も、なんだか眠れなくて、起きてきちゃった。楽しみなことと、不安なことって、心の中で同時に起こっちゃうね」

実弥子は、もう一方の手でルイの身体を抱き寄せた。とたんにルイは実弥子の腕をするりと抜けるように出て、マリントロの背後に回った。実弥子がのぞくと、小さな枕が置いてある。

「やっぱりルイくん、マリントロと一緒に寝てたんだね」

ルイは、枕に顔を押し付けて、肩をふるわせてくすくすと笑った。

十一月二週目の土曜日、作品展初日は、朝からよく晴れていた。午前十一時にアトリエを開けたとたん、次々にお客さんがやってきた。出入り口には、受付係として交代で受講生の誰かが立ち、スケッチブックを芳名帳《ほうめいちょう》にして来訪者に名前を書いてもらった。

受付の受け持ち時間以外は来なくてもよかったのだが、お昼になるまでには、全員が顔を揃えた。

「何十年ぶりかしらねえ、文化祭を思い出すわねえ」

しみじみと楽しそうに話す登美子に、「それ、自分の？　私の？」と、真由子が確認している。

その会話を横で聞いていた俊子が、「確かに、はるかな時を超えて蘇った文化祭って感じだわね」としみじみと言った。

「私も、大学祭以来ですよ」

実弥子が、アトリエの中に入っていく人々をまぶしそうに見ている。

「大学祭って、実弥子先生は、美術大学ですよね？」

「そうですよ」

「美術大学の大学祭ってどんなだろう。一般の大学のとは、大分違いますよね」

「アートのお祭りなので、ぜんぜん違うんじゃないかな。他の大学の大学祭って行ったことがないので、一般的な大学祭というのがどういうものなのかはわからないですけど、かなりエキセントリックに見えるだろうと思います」

「でも、実弥子先生は、エキセントリックじゃないですよね」

「そうですね。私のような人間は、異端なんですよ。大学では、とっても浮いていたと思います。友達のパフォーマンスを手伝う方が好きでしたね。だから、今も、それがまたできて、うれしいんです。俊子さん、このアトリエのこと、最初から手伝ってくれて、ありがとうございます」

実弥子が頭を下げた。

「やだやだ、実弥子先生、今さらそんなお礼なんて。私の方が先生にお礼を言わなくちゃならないですよ。青春が戻ってきたみたいに、楽しいです」

「よかった。じゃあ、先生みたいな話をしようかな。俊子さんの作品、ほんとにどんどんよくなりました。大人になってからでも、こんなに自由になれるんだって、俊子さんが証明してくれて、私も安心しました」

「それはどうも、光栄でございます」

俊子が茶目っ気を出して、身体を少しくねらせてお辞儀をした。

「あ、お父さん！」

麗奈が大きな声を上げて、一人の初老の男性のところにかけよっていった。実弥子は、麗奈の視線の先のその人物をじっと見つめた。

麗奈が、その人の手を引いて実弥子に近づいてきた。

「先生、お父さんが、来ました！」

「麗奈ちゃんのお父さん……ってことは……」

俊子が実弥子の方を向いて、小さな声で言った。

「あの、はじめまして。広川高士《たかし》と申します。実弥子さん、ですね。いや、麗奈がお世話になっているから、実弥子先生、ですね」

少し照れくさそうに笑ったその目尻に、たくさんの皺が深く現れた。人を引きつけてしまう笑顔だ、と実弥子は感じた。

「はじめまして。金雀児実弥子です。こちらこそ麗奈さんには、お世話になっています」

「あ、いえ、なんというか、ほんとうに申し訳ないです。今日はじめまして、というのはよくないことだったというか、実弥子さんにとっては、今さらなんだこいつ、としか思ってもらえないだろうということは、よくわかっているつもりなのですが」

高士は、どうしていいかわからない、というように頭をごりごりと掻《か》いた。

「そんなこと、思っていませんよ」

実弥子はドキドキしすぎる胸に片手を当てつつ、なんとか冷静に答えた。

「私、希一さんのお父さまがご存命だとは知らなかったので、麗奈さんから伺ったときは、ほんとうにびっくりしてしまいました」

「いや、そうですよね。……息子の……葬儀にさえ出てこなかった父親なんて、ありえないですよね。いや、もうほんとに、申し訳なかったです……」

「いえ……。こうして今お会いできて、とてもうれしいです。お越し下さり、ありがとうございます。みなさんの作品、ゆっくり見ていって下さいね。……希一さんの作品も一点だけ、飾りました」

「そうなんですか。あいつの絵、いいですよね」

「はい。素描なんですけど、今日は〝アトリエ・キーチ〟の初めての作品展のウェルカムボードの役割をしてもらってます。なんといっても、このアトリエの名前の由来の人ですから」

「ああ、それはすてきだ」

「こちらです」

玄関の靴置き場の上の壁を、実弥子は手の先で示した。「顔だけこっちに向けて」と希一に言われて振り向いたときの顔の素描が、実弥子の手作りの額に収められている。確かに生きていた希一の指にあった鉛筆が描きとめた、あの夜の時間の中の実弥子の表情がそこにある。

高士は、ほう、と軽く息を吐きながらそれを見上げた。

「これは、モデルは実弥子さんですね。希一は、こんな素直な絵も、描いたんですねえ」

高士が実弥子の方を振り向いて真顔になった。

「ありがとうございます」

「え？」

「その、希一と、一緒にいてくれて」

実弥子は軽く首を振った。

「お礼を言われるようなことじゃないです」

実弥子は少しうつむいたまま早口でそう言うと、高士の後ろに回り、その背中を押した。

「さ、早く上がって、麗奈ちゃんの、娘さんの方の作品もゆっくり見ていって下さい」

さっきから二人の様子を見守っていた麗奈が、先にさっとアトリエに上がり、高士の手を引っぱった。

「お父さん、こんなところにずっと立ってたら邪魔になるから早く」

「はい、はい」

高士は、笑い皺をたくさん浮かべながら、麗奈に引っぱられるままに奥へ入っていった。

「希一兄さんと比べたりしないでよ。こっちはシロウトなんだから！」

麗奈の声がアトリエの奥へと消えていくのを確かめながら、実弥子はゆっくりと深い呼吸をした。

「急に義理の父親が現れたんじゃ、そりゃあ、あなたもびっくりだわよね」

低めの声が響いた。

「お義母さん……！」

希一の母、金雀児小夜子がそこに立っていた。

「来て下さったんですね!?」

小夜子は、美しい弧《こ》を描く細い眉を上げて、「あなたが案内状を送ってきたんじゃないの」

と平然と言った。

「はい、そうでした。お義母さん、お越しいただき、たいへんありがとうございます」

「希一の、ずいぶん若い妹さんからも、お誘いがありましたしね」

「あ、麗奈ちゃんからも」

「そう、その麗奈ちゃん。まさか、あの人まで連れてくるとはねえ」

「ここの受講生の麗奈ちゃんのお父さままでもありますから」

実弥子はにっこりと笑った。

「あの人、希一の作品展なんて、来たことなかったわよ。お葬式にさえ、来なかったんだから」

「長野で……遠かったですし」

「そういう問題じゃないわよ。もっとも、私も知らせてなかったけど」

「広川さんに、希一さんが亡くなったこと、お知らせしなかったんですか⁉」

「そうよ」

「そうなんですね……」

実弥子は、なんだかよくわからないもので胸がいっぱいになってきてしまった。その胸を押さえながら、「とにかくお義母さん、中へ」と小夜子を促した。

「嫌ですよ。あの衝立《ついたて》みたいな中にごちゃごちゃって入っていくんでしょ。今そんなところに入ったら、あの人とばっちりぶつかっちゃうじゃないの」

「ぜひ、ぶつかって下さい。中は、子どもたちやみなさんの作品で、楽しいですから！」

「まあ、実弥子さん、会わないうちにずいぶん乱暴なことを言うようになったわね。わかったわよ、行きますよ」

小夜子は靴をぬいでアトリエに上がった。

「私はね、絵心は全くないし、アートとかなんとか、どこがいいかわからないと思いますけどね。ほんと、すごいとこね、ここ」

小夜子は風船の張り子がいくつも下がる天井などを見回しながら、奥へと入っていった。

「すごいおばあさんですね」

外に出てきた実弥子に、入り口で受付をしていた季ちゃんが話しかけてきた。

「やだ、聞いてたの？」

「はい、そりゃあ聞いてましたよ。複雑な事情があるんだなってことは、だいたいわかりました」

季ちゃんは、目を閉じて神妙《しんみょう》な表情で頷いている。

「季ちゃんは、大人の〝複雑な事情〟について考えるのは、まだ早いです。先生の事情は、心配しなくてもいいですよ。どうぞおかまいなく、ね」

実弥子が、季ちゃんの頭の上にぽんとてのひらを置いた。季ちゃんが肩をすくめた。

「カオスだわあ、気持ちいいほど」

俊子が、路地に降る光を浴びて、大きく伸びをした。

一日目の展示が無事に終わったあと、実弥子はアトリエの前で、スケッチブックの芳名帳を一枚一枚めくり、訪れてくれた人の名前を一人一人確認していった。「広川高士」の名前のあとに「金雀児小夜子」が並んでいるページをしばらく見つめた。

「ミャア」

ふいに猫の鳴き声が聞こえた。猫は、ためらわず戸が開いているアトリエの中にするりと入っていった。中から、「こっちこっち」と言っているルイの声が小さく聞こえた。

「なるほどね」

実弥子は、得心《とくしん》したように頷き、手の中の芳名帳の最後に「ミケネコ」と書き足した。

初出　「asta*」２０１９年７月号〜２０２０年８月号。単行本化にあたり、加筆・修正いたしました。

協力　尾崎玄一郎（絵画教室ＯＺ）

東 直子（ひがし・なおこ）

１９６３年、広島県生まれ。歌人、作家。１９９６年『草かんむりの訪問者』で第７回歌壇賞、２０１６年『いとの森の家』で第31回坪田譲治文学賞を受賞。歌集に『春原さんのリコーダー』『青卵』『十階』、小説に『とりつくしま』『薬屋のタバサ』『晴れ女の耳』、エッセイ集に『千年ごはん』『七つ空、二つ水』『愛のうた』、入門書に『短歌の不思議』『短歌の詰め合わせ』、絵本に『あめぽぽぽ』『キャベツちゃんのワンピース』、児童書に『そらのかんちゃん、ちていのコロちゃん』『くまのこのるうくんとおばけのこ』など著書多数。

階段にパレット

2020年11月9日　第1刷発行

著者　東 直子
発行者　千葉 均
編集　倉澤紀久子
発行所　株式会社ポプラ社
〒102-8519東京都千代田区麹町4-2-6
電話 03-5877-8109(営業)
03-5877-8112(編集)
一般書事業局ホームページ www.webasta.jp
印刷・製本　中央精版印刷株式会社

N.D.C.913／275p／20cm／ISBN 978-4-591-16799-1

P8008305

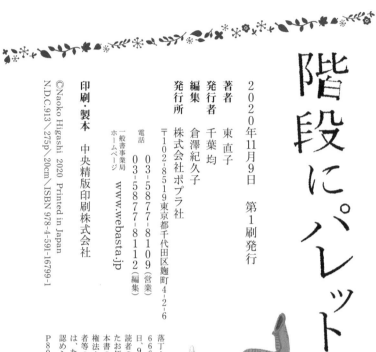